에밀의
루소

에밀의
루소

김조을해 소설집

북인더갭
BOOKintheGAP

|차례|

한나의 숙제

내 공책에다 나 혼자 풀 때는 아무것도 아닌데 칠판 앞에만 나오면 떨린다. 오늘은 특별한 날이라 모자가 달린 새 옷까지 입고 왔고, 수학 시간 전까진 기분도 좋았다. 그런데 지금은 늘어진 모자가 아주 무겁게 내 등과 어깨를 짓누르는 느낌이다.

담임 신아름 선생님은 아이들이 틀리게 푼 문제를 보며 설명을 이어간다. 나만 틀린 건 아니다. 다른 몇몇 애들은 이미 설명을 듣고 다시 풀어본 후 모두 자리로 돌아갔다. 덕분에 나는 선생님 책상 옆에서 칠판도 아니고 창밖도 아니고 교실 안도 아닌 어딘가를 바라보며 혼자 서 있다. 얼핏 눈이 마주친 영우도 화장실에 가고 싶은 걸 겨우 참는 듯한 불편한 얼굴이다.

"다시 설명할게요. 2 곱하기 5가 아니라 20 곱하기 5죠. 정답 네모 칸에는 20이라고 써야 맞죠. 2는 십의 자리에 있으니까요. 자, 다음 문제 볼까요. 이건, 한나가 푼 건가?"

나는 아주 구석으로 숨고 싶다. 어깻죽지 어딘가가 간지럽다. 손등도 팔뚝도 목도 모두 간지럽다. 손을 들어 곳곳을 긁는다. 그런데 시원하지 않다. 정말 간지러운 곳은 따로 있기 때문이다.

"한나는 세 자릿수 곱하기 한 자릿수 같은 제일 쉬운 문제를 틀렸네. 여기서 받아올림을 깜빡했구나, 아니면 구구단 2단을 아직 다 못 외운 건가?"

몇몇 아이들이 킥킥거린다. 창가 둘째 줄의 이혁수가 제일 크게 웃는다. 나는 칠판 앞에 나와 수학 문제를 푸는 게 싫을 뿐이다. 그리고 지금은 너무도 간지러운 나의 머리를 긁고 싶을 뿐이다.

저절로 한숨이 나오는 순간 이혁수와 눈이 마주친다. 이혁수는 기다렸다는 듯 뭔가를 흔들어 보인다. 내 샤프식 지우개다. 두 손이 슬슬 머리로 올라간다. 저건 내 거다. 머리를 긁고 싶다. 못 참겠다. 며칠 전 이혁수가 빌려달라고 해서 빌려줬는데 돌려달라고 해도 주지를 않는다. 근데 머리가 진짜 너무 간지럽다. 드디어 손이 문제의 그곳에 닿는다. 그저 손톱으로 꾹 한번 누르기만 하겠다. 그런데 손톱이 닿는 순간, 머리가 야릇하게 찌릿 울린다. 도저히 손을 머리에서 내릴 수가 없다. 머릿속이 하얘진다. 아무 생각이 안 난다. 머리띠를 잡아 내리고는 양쪽 귀밑부터 긁어댄다. 아아, 소름이 끼치도록 시원하다.

"한나?"

손을 내려야 한다. 나도 정답을 알고 있다. 다시 풀면 그런 말도 안 되는 실수는 안 할 자신이 있다. 나는 겨우겨우 손을 내리고는 재빨리 리본 머리띠를 두른다.

"아, 한나는…"

선생님은 오른손을 들며 말을 잇는다. 마치 자신의 옆에 오지 못하도록 나를 막는 손짓 같기도 하다.

"한나는 다시 안 풀어도 돼."

나는 주저앉고 싶다, 나는 저 문제를 보란 듯이 풀고 싶다, 그건 정말 실수였다.

"대신 한나는, 오늘이 금요일이니까 말야…"

나는 더 어려운 문제도 풀 수 있단 말이다.

"다음 주 월요일까지 꼭 머리를 자르고 학교에 오도록 하자. 그게 한나의 숙제야."

—

크레파스 숨기기 놀이만 벌써 세번째다. 세살인 동생 진이는 놀이터에만 오면 크레파스를 여기저기에 숨긴다. 그러곤 자신이 직접 찾아내며 괜히 흥분한다.

영우는 외국에서 살다 2학년 때 우리 반으로 전학 왔고, 3학년 때도 나와 같은 반이 된 나의 짝이다. 영우는 아기 때부터 다리가 아팠고 지금도 아파서 다리를 살짝 전다. 그래서 달리기는 잘 못하지만 그네는 잘 탄다.

영우는 미끄럼틀 첫 계단 아래 숨겨진 크레파스 앞에서 진이가 다가오길 기다린다. 나는 일부러 소리를 지른다.

"거기 아니야."

하지만 빨강 크레파스를 발견한 진이가 팔짝거리는 순간, 영우도 너무 신이 나서 진이 주변을 뱅글 돈다. 이어 영우는 진이에게 따라오라는 손짓을 하며 등나무 의자를 향해 기우뚱한 폼으로 달린다. 진이도 모래를 튕기며 제법 날쌔게 달린다. 노랑 크레파스를 등나무 아래에서 금방 찾은 진이가 뽐내며 내게로 달려온다. 영우도 신이 나서 절뚝거리며 달려온다. 우리 셋은 하이파이브를 한다.

"누나 운동화는 어딨어?"

나는 진이를 내 운동화가 있는 쪽을 향해 돌려세운다. 영우가 내 운동화를 찾아와 진이에게 준다.

"뒤집어봐, 이렇게."

나는 뒤집으라는 손짓을 한다. 진이가 운동화를 뒤집어 흔드는 순간 그 속에서 검정 크레파스가 톡 떨어지자 진이는 신이 나서 두 팔을 들고 캬아악 소리를 지른다. 영우도 발차기 흉내를 내며 펄쩍거린다.

우리 셋 중 제대로 말을 하는 사람은 나 하나다. 진이는 말을 배우는 중이고, 영우는 말이야 잘하지만 웬만해선 하지 않는다. 때론 영어로 중얼거리기도 한다.

늘 영우를 따라다니는 권실장 아줌마가 놀이터 울타리 너머로 어김없이 나타난다. 키가 아주 크고 얼굴이 뾰족하게 생긴 아줌마다. 무섭지는 않지만 잘 웃지를 않는다. 우리 셋은 모두 웃음을 멈춘다.

영우네 부모님은 회사 일이 바빠서 회사의 권실장이란 아줌마가 영우를 대신 돌봐준다. 학교에 일이 있어도 권실장 아줌마가 온다. 권실장 아줌마의 저 큰 가방 안에는 영우의 약이며 휴지, 물, 망고젤리, 주스, 돗자리, 체온계, 붕대 등등 어지간한 건 다 들어 있다. 영우는 잘 놀다가 종종 토하기도 하고 열이 오르기도 하고 코피를 쏟기도 한다. 하지만 오늘은 학교에서도 놀이터에서도 아무 일 없었다.

"오우 쉣."

영우의 손을 잡으려던 권실장 아줌마가 내뱉는다. 내

손처럼 영우의 손도 깨끗할 리가 없다.

"오우 쉑, 쉑쉑."

어느새 미끄럼틀 위로 올라간 진이가 하늘을 보며 권실장 아줌마의 말을 박자까지 정확히 따라한다. 권실장 아줌마도 영어로 중얼거릴 때가 많다.

"아줌마."

"노노, 권실장님."

권실장 아줌마가 뾰족한 입으로 말한다.

"아, 권실장님, 근데요, 우리집이 요기 604동 701호인데요, 영우 우리집에서 더 놀면 안 돼요?"

오늘은 내 생일이지 않은가.

"노노."

권실장 아줌마는 딱 잘라 말한다.

"권실장님도 같이요."

"놉."

안녕, 내일 또.

"풋 온 유어 슈즈."

나와 영우는 말없이 손을 흔든다.

"롸잇 나우."

진이도 미끄럼틀에서 엎드려 머리부터 내려오며 롸이나 롸이놔, 중얼거린다. 놀이터엔 똑같은 옷을 파랑과 초록 깔맞춤으로 입은 나와 진이만 맨발인 채로 남는다.

−

엄마 아빠와 함께 생일케이크를 고른다. 그러면 남들
눈에는 내가 아주 신이 난 아이로 보일 것 같다. 늘 바빴
던 아빠가 내 생일이니 저녁 약속을 취소하고 일찍 들어
온다고 전화까지 했다. 정류장 베이커리 앞으로 나오라
고, 다 같이 케이크를 먹으며 파티를 하자고.

아빠는 기다리는 걸 싫어한다. 뭔가를 기다리면 귀에
서 울리는 쓰솨쓰솨 소리가 더 크게 들려서 싫다고 한다.
아빠 귀에서는 박사님 공부를 하면서부터 이상한 소리가
들리기 시작했다는데, 연구소에 날마다 다니면서부터는
더 심해진 것 같다.

무엇을 골라야 할까. 좀 쑥스럽다. 약속까지 취소했다
는 아빠의 말도 부담스럽다. 나는 솔직하게 말하고 싶다.

케이크가 없어도 좋아요, 난 그냥…

팔짱을 낀 채 내 옆을 서성이는 엄마를 올려다보니 마
침 입이 벌어지면서 콧구멍이 넓어지고 있다. 그러더니
몇 초 후, 역시나 팔뚝으로 입가를 막으며 요란하게 재채
기를 해대는 동시에 오른발을 들어 케이크 장식장 아래
칸을 가리키며 코가 꽉 막힌 소리로 굳이 말을 잇는다.

"저거, 에추, 초코케이크로, 에에, 사까? 췻칩."

연달아 서너 번 재채기를 뽑아내는 와중에 한쪽 발마

저 들린 엄마의 몸이 기우뚱해지는 찰나였다. 마지막 첫
칩, 소리가 끝나자마자 내 입에서는 쿡쿡, 웃음이 나왔지
만 아빠는 아니었다.

"또, 또, 또 발로."

선글라스처럼 짙은 안경을 쓰고 머리를 늘 높이 묶는
베이커리 사장님도 우리를 힐끔거린다. 사정없이 재채기
를 해대는 엄마의 얼굴은 아빠의 한마디에 터질 듯 달아
오른다. 얼굴만이 아니라 금방 귀와 목까지도 빨개진다.

"밤낮 발로."

아빠는 엄마를 여전히 흘겨보며 또 말한다. 그러면 안
되는 줄 알면서도 나는 손등을 살살 긁기 시작한다. 그래
도 엄마는 나와 눈이 마주치자 자신의 코를 비틀며 웃어
준다.

"이놈의 비염 때문에."

엄마의 얼굴은 못생겨 보일 지경이다. 사장님이 티슈
몇 장을 뽑아 엄마에게 건네며 말한다.

"요즘 병원 가면 비염으로 아주 난리래요."

엄마는 휴지를 받아들고는 코 주변을 닦아내며 괜히
또 웃는다.

"이때마다 곤욕이에요."

"그러게 운동 좀 해. 사람이 게을러가지고."

아빠는 계속 윽박지른다. 이제는 엄마의 부스스한 파

마머리까지 시뻘게진 것 같다.

"운동을 꾸준히 하는 게 어디 쉽나요, 애들도 이렇게 어린데요. 참, 아이들에겐 초코가 제일이죠."

사장님이 난감한 상황 속에서도 서둘러 케이크를 박스에 담으며 말을 보탠다. 그러더니 진이에게 회오리 막대 사탕까지 들려준다.

그러면 안 되는데, 내 손은 목을 긁다 턱밑까지 올라간다. 머리가 간지럽다. 긁어야 한다. 엄마는 유모차를 슬슬 밀며 아유 엄마가 너무 추접스럽다 그치, 중얼거리며 웃기지도 않은데 괜히 혼자 크게 웃는다. 이제, 긁는 것 말고는 다른 생각이 안 난다.

왜 나는 오늘 새 옷을 입고 학교에 갔나. 왜 나는 수학 문제를 풀며 어이없는 실수를 했나. 그래도 그렇지 왜 선생님은 나에게는 문제를 다시 풀 기회조차 주지 않았나. 왜 나에게만 머리를 자르고 오라는 숙제를 내줬나. 왜 이혁수는 내 지우개를 돌려주지 않나. 왜 아빠는 엄마에게 또 또 또, 하며 화를 내고, 왜 엄마는 얼굴이 빨개진 채 웃기만 했나.

오늘은 내 생일이지 않은가.

드디어 내 손은 머리 위로 올라간다. 참지 못하고 눈을 질끈 감은 채 머리를 긁기 시작한다.

—

"반 아이들 중 아무도 한나 옆에 안 앉으려고 해, 그치?"

이 상황이 못 견디게 궁금한 이혁수를 비롯한 몇 아이들은 여러 핑계를 대며 교실 한구석에 남아 있으려 했지만 곧 쫓겨났다. 드디어 나와 신아름 선생님 둘만 남았다. 안 그래도 오늘 머리를 안 자르고 왔기 때문에 선생님이 나를 부를 줄 알았다. 사실 나도 선생님께 묻고 싶은 게 많았다.

선생님은 말 한마디가 끝날 때마다 단정한 긴 머리를 다시 귀 뒤로 넘겼고, 이어 오른손으로는 왼손의 손목시계를 손목 위로 밀어올렸다. 올리는 즉시 다시 흘러내리는 시계를 왜 자꾸 밀어대는지 알 수가 없다.

"급식실에서도 영어학습실에서도 운동장에서도 교실에서도… 한나가 늘 혼자인 게 선생님은 걱정이 되네. 오늘처럼 짝을 바꿀 땐 더하고."

아무도 내 옆에 앉지 않으려 한다는 선생님의 말은 틀린 말이다. 내 옆에는 언제나 영우가 있었다. 선생님은 나를 눈여겨보지도 않고서 괜히 말을 만들어내는 것 같다. 아니면 영우를 있으나마나 한 아이로 생각하는 건가.

"선생님, 시계는 또 흘러내릴 텐데 왜 자꾸 올리세요?"

집에 빨리 가고 싶은 맘에 나는 아무 말이나 한다.

"학교는 여러 친구들과 같이 노는 곳이야. 혼자 있기 위해 학교에 오는 건 아니거든. 학교는 공동체니까."

신아름 선생님도 자기가 하고 싶은 말을 한다.

선생님이 움직일 때마다 뭔가 향긋한 냄새가 나는 건 좋다. 그런데 자꾸 팔을 움직이니까 정신이 없다. 선생님이 입고 있는 검정 물방울 원피스의 프릴 소매가 특히 심하게 흐느적거린다.

"나는 영우랑 짝하는 게 제일 좋아요."

선생님은 내 말이 끝나자마자 나를 향해 갑자기 물개 박수를 쳐준다.

"그래, 한나야, 영우와 놀아주느라 정말 참으면서 애쓰는 거 다 알아. 힘들지? 그치만 영우는 많이 아픈 아이잖아, 한나가 고생이 많다. 다른 사람은 몰라도 선생님은 알지."

나는 오른손으로 왼손 손등을 살살 긁는다. 이 정도까지만 긁고 멈출 수 있다면 좋을 텐데.

선생님은 짧게 한숨을 쉰다. 이어 책상 위의 서류철을 펼치고는 잠시 뭔가를 적는다.

"저도 선생님께 질문할 게 있는데요."

신아름 선생님은 메모를 하던 행동을 멈춘다.

"한나는 뭐가 궁금한데?"

선생님은 몸을 틀어 나를 정면으로 바라본다.

"지난 주 수학 시간에요…"

"그래, 수학 시간에."

나는 그 순간까지도 말을 할까 말까 망설인다.

"제가 앞에 나가 문제를 풀다가 틀렸어요."

"그랬지, 금요일에. 세 자릿수 곱하기 한 자릿수 문제였지. 쉬운 게 걸렸는데도 한나는 틀렸어. 그 문제를 아직도 이해 못했구나. 아, 그게 맘에 걸렸구나. 지금 한번 더 설명해줄까?"

선생님은 머리를 귀 뒤로 넘기고 손목시계를 괜히 위로 올리는 정해진 몸짓을 공들여 끝내고는 내 대답을 듣지도 않고 책상 위의 수학 교재를 찾아 펼쳐든다.

"아뇨, 설명은 안 해주셔도 돼요."

"곱셈은 정말 중요한 기초야. 곱셈에서 막히면 나눗셈은 손도 못 대거든."

주변이 갑자기 조용해진다. 선생님은 고개를 갸웃거리며 나를 쳐다본다.

"진짜, 설명은 안 해주셔도 돼요."

"그래? 기초 없이 분수에 이르면 정말 큰일나는데. 수포자가 되는 건 시간문제야."

신아름 선생님은 안 그래도 큰 두 눈을 더욱 동그랗게 뜬다. 나는 팔뚝을 긁는다. 선생님은 팔뚝을 긁는 나를 바라본다.

"제가 질문하고 싶은 건… 선생님은 그때, 틀린 애들한
테는 칠판 앞에서 문제를 다시 풀어보라고 하셨거든요.
근데 저한테는 그런 말씀을 안 하셨어요."

선생님은 흥미롭다는 듯 코를 찡긋거리며 웃는다. 그
러더니 갑자기 교실 앞문 쪽을 향해 팔을 들어 엑스 표시
를 한다. 제법 무서운 표정이다. 아직도 집에 안 가고 복
도에서 교실 안을 힐끔거리던 아이들의 목소리가 잠시
조용해진다.

"내가?"

"네, 저한테는 그냥…"

왠지 내가 치사한 아이가 된 것 같은 기분이 든다.

"그때 저한테는 그냥, 다음 주에 머리를 꼭 자르고 오
라고만 하셨잖아요."

신아름 선생님의 얼굴에서 웃음이 사라진다. 선생님의
말투는 늘 친절했고 반 아이들 누구와 눈이 마주쳐도 다
정하게 웃어주곤 했는데 지금은 그런 얼굴이 아니다. 뭔
가 지겹다는 표정이다.

"나는 풀 수 있었거든요. 너무 쉬운 문제였는데요, 구
구단도 다 외워요. 정말 실수였어요."

선생님은 길고 날씬한 다리를 꼬며 자세를 고쳐 앉
는다.

"그리고 선생님, 우리 반에 나보다 머리 긴 애들 많아요."

신아름 선생님은 교재와 서류를 옆으로 치운다. 은빛 금속 시곗줄에서 나는 달그락거리는 소리가 사라지고도 한참 동안을 선생님과 나는 서로 바라보기만 한다.

"그건 말야…"

선생님이 드디어 입을 연다.

"그러니까 한나야 그건, 한나가 자꾸 머리를 긁어서… 공부에 방해가 되는 것 같아서 했던 말이야. 머리가 길면 더 간지럽거든. 여름방학은 끝났지만 아직 더우니까 땀도 많이 나고. 그럼 피부가 연하니까 땀띠도 잘 생기고. 도와주고 싶은 마음에 걱정이 되니까 그랬던 거야."

선생님은 당황한 듯하다. 나는 그냥 일어나 집으로 갈까, 아니면 하고 싶었던 말을 다 할까 계속 망설이는 중이다.

"그리고 선생님…"

복도에서 교실 안의 분위기를 살피는 아이들이 몇 명이나 될까 속으로 대충 세면서 일단 선생님을 부른다. 선생님은 대답을 안 한다. 하지만 나는 말을 이어간다.

"선생님은 개학한 다음날부터 아이들에게 머리에 사는 벌레 이야기도 자주 하셨어요."

내 말이 끝나자 신아름 선생님은 어깨까지 틀며 자신

의 긴 머리를 등 뒤로 넘긴다. 같은 행동을 정말 지겹게
되풀이한다.

"내가? 머리에 사는 벌레?"

선생님은 기억도 안 난다는 듯 한마디 한다.

"사람의 피를 빨아 먹는다는…"

"아아, 맞다. 머릿니 말하는 거지? 전에 있던 학교에서
도 전교에 머릿니가 돌아서 문제가 심각했었거든. 머릿
니는 전염성이 있어서 미리 조심시키려고 한 말이었어."

"네, 머릿니요."

"근데 머릿니가 왜?"

신아름 선생님은 정말 궁금하다는 표정으로 입을 쫑긋
거린다.

"영우를 뺀 우리 반 아이들이 왜 내 옆에 안 앉으려고
하는지… 선생님은 정말 모르시겠어요?"

나는 조심스럽게 묻는다.

"한나, 지금 선생님한테 화내는 거니?"

"아뇨, 그게 아니라요… 머릿니가 있는 애들은 한나처
럼 머리를 긁는다는 말씀만 안 하셨어도…"

"한나 너한테 머릿니가 있다고 말한 건 아니잖아?"

신아름 선생님은 진짜 착한 사람처럼 내게 되묻는다.
이렇게 착하고 예쁜 담임선생님에게 화를 낸다는 건 있
을 수 없는 일이다. 그런데도 손이 자꾸만 머리를 향해

올라간다. 정말 미칠 것처럼 머리가 간지럽다. 너무 간지
러우니 어지러운 것 같다. 아무튼 나는 참을 자신이 없다.
오른손으로 일단 귀밑을 긁는다. 그러나 끝내 머리띠를
또 잡아 내리고는 두 손으로 머리를 긁기 시작한다.

"한나야, 이것 봐, 응?"

선생님은 그 와중에도 머리를 또 넘기며 말한다.

"머리를 자르는 게 좋지 않겠니, 한나야?"

등이 뜨끈뜨끈한 느낌이다. 갑자기 목도 너무 마르다.

"그렇지만, 선생님,"

나는 창피하기도 하지만 억울하기도 하다.

"선생님, 왜 나한테만 머리를 자르고 오라고 하세요?
나는 긴 머리가 좋아요. 긴 머리에 머리띠를 하면 기분
이 완전 좋아요. 근데 왜 그런 숙제를 나한테만 내주셨어
요?"

—

진이가 밤에 깨서 우는 게 싫다. 진이가 우는 걸 엄마
와 아빠도 당연히 싫어하지만 이유는 다 다른 것 같다.
나는 진이가 낮에 울면 아무렇지 않은데 밤에 울면 불쌍
해 보여서 싫다. 진이가 불쌍해 보이는 게 너무 싫다. 물
론 안방에서 들려오는 엄마 아빠의 싸우는 소리가 제일

싫지만. 또 또 또. 일어날까? 불을 켤까? 또?

"또, 맨날 그 소리야?"

"할 말이 없다고."

"엄마란 사람이, 도대체 하는 일이 뭐야?"

갑자기 안방이 조용해진 것 같다. 그냥 엄마 아빠가 잠을 못 이기고 푹 쓰러져 코를 골았으면 좋겠다. 내 생일이었던 금요일 이후로 엄마 아빠가 말을 안 하는 것 같아서 나도 불안했는데 이렇게 밤에 큰소리로 싸우니 가슴이 쿵쾅거린다.

"아빠란 사람이 왜 이렇게 아이를 의심해?"

문제가 심각하다. 엄마가 말을 시작하면 싸움은 길어진다.

"저렇게 미친 듯이 머리를 긁어대니 학교에 친구가 있겠어?"

"영우라는 친구 있다고 몇 번 말했어?"

"영우? 한나 얘기 들으면 걔 좀 모자란 애 같지 않아? 왜 우리 한나가 그런 애랑 놀아야 돼?"

지금 나 때문에 싸우는 건가? 여기서 영우 이야기가 왜 나오지? 나는 어쩔 수 없이 일어난다. 방 불을 켠다. 방문을 열고 살금살금 거실로 나간다. 거실 시계를 보니 새벽 1시가 좀 넘었다. 엄마의 안타까운 재채기 소리에 이어 코를 푸는 소리가 들린다. 안방 문 앞에서 걸음을 멈춘다.

"성질 하고는. 엄마가 손도 안 대는 케이크를 애가 먹겠어?"

"사람들 앞에서, 특히 딸 앞에서 나를 무시해야 직성이 풀려? 그것도 딸 생일에?"

"그러니까 눈치껏 좀, 같은 말 여러 번 안 하게 하면 되잖아."

"여긴 집이야. 눈치껏?"

"아니, 그래서 내가 그 중요한 자리를 다 마다하고 왔잖아. 이러니 집에만 오면 이명이 더 커지지. 아 진짜, 지금도 귀랑 뒤통수까지 터져나갈 것 같아."

"케이크만 사주면 아빠야? 안 먹으면 혼날까봐 억지로 먹어치우란 소리냐고? 내가 한나라도, 생일 축하한다는 다정한 말 한마디 없는 아빠랑은 케이크건 뭐건 같이 먹기 싫을 것 같은데?"

엄마가 갑자기 웃는다. 역시 웃겨서 웃는 게 아닐 때의 한숨을 내쉬는 듯한 엄마의 흐흐 소리는 어딘가 슬프면서도 신경질적이다.

"애가 걱정되지도 않아?"

차라리 진이가 깨서 우는 게 낫지 않을까. 우는 진이를 달래다보면 싸움은 끝나지 않을까.

"걱정돼. 하지만,"

엄마는 또 코를 푼다.

"애보다, 애를 바라보는 아빠란 사람의 시각이 더 걱정돼."

방금 전까지 멀쩡했는데 머리가 어지럽다. 아니 머리가 간지럽다. 어두운 거실, 꽉 닫힌 안방 문 앞에서 머리를 긁는다. 어둠속에서 마음 놓고 머리를 긁고 나니 안정이 찾아온다. 그러니까, 내가 다른 아이들은 하지 않는 행동을 하는 건 사실이다. 그런데 이것 때문에 내 친구 영우까지 이상한 아이 취급을 받고, 엄마랑 아빠가 이렇게 밤에 싸움까지 해야 한다면, 나는 정말 문제가 많은 아이인 게 맞다.

"그리고 이건 우리 문제야. 한나도 한나의 인생을 치열하게 살고 있어. 잘 크고 있다고. 우리의 문제를 애한테 떠넘기지 말자고."

엄마 말을 들으니 갑자기 내가 별 문제 없는 아이인 것 같기도 하다.

누군가 움직이는 것 같다. 나는 엄마나 아빠가 거실로 나오기 전에 뒤꿈치를 들고 재빨리 내 방으로 간다.

아, 그런데 아니나 다를까, 진이가 깼다. 진이가 운다. 진이는 아마도 무서운 꿈을 꿨을 것이다. 내 방에 들어오자마자 불을 끈다. 그래도 울음소리는 들린다. 이번엔 아주 높은 곳에 오르듯 힘겹게 겨우 침대로 올라간다. 진이는 계속 운다. 나는 이불을 뒤집어쓴다. 그러자 갑자기 눈물이 쏟아진다. 이유는 나도 모르겠다.

—

운동장을 둘러보니 3학년 아이들이 여기저기 모여 훌라후프를 연습하고 있다. 5교시는 3학년 전체 체육 시간이다. 나와 영우도 점심을 빨리 먹고 나온다고 나왔는데 축구 골대를 지나 운동장 구석에서야 자리를 잡았다.

가을 운동회의 3학년 단체운동 종목은 훌라후프다. 영우와 나는 둘 다 훌라후프로 굴리기도 잘하고, 팔로도 허리로도 박자 맞춰 잘 돌리고, 순서도 거의 다 외웠다.

"한나, 오늘도 머리 안 자르고 왔네?"

지나가던 같은 반 아이들이 신아름 선생님 목소리를 흉내내며 시비를 건다. 영우도 훌라후프 넘기 동작을 연습하다 말고 아이들 쪽을 쳐다본다.

"머릿니와 송곳니는 오늘도 둘이서만 노네?"

이혁수가 빠지지 않고 거든다. 아이들이 점점 우리를 둘러싼다. 영우의 송곳니가 유독 뾰족해서 아이들은 영우를 송곳니라고 놀리곤 한다. 그런데 나는 나도 모르는 사이 '머릿니'가 되어버렸다.

"그래도 실어증은 전염이 안 되니 천만다행이에요."

아이들은 아주 재미있어 죽을 지경이다.

"이혁수, 내 지우개 줘."

나는 허리로 계속 훌라후프를 돌리며 말한다.

"송곳니, 너 머릿니한테 엄마라고 해봐."

이혁수가 영우와 나를 향해 낄낄거리며 지껄인다.

"그거 괜찮네. 너는 원래 엄마도 없다며."

다른 반 애가 따라서 낄낄거린다.

"참, 권실장 있잖아, 방송실에서 발톱도 깎더라."

"너, 계속 그러면 내가 네 필통 뒤져서 찾아간다."

"보건실에서는 가발 벗어놓고 낮잠도 자."

"그게 다가 아냐."

아이들은 모두 이혁수를 바라본다.

"두고 봐라, 내가 내 지우개 찾아간다고 말했다."

"권실장은 송곳니가 화장실에 가면 남자화장실까지 따라 들어가. 둘이 뭐야?"

그 순간이다. 영우가 쥐고 있던 훌라후프를 놓쳤는지 훌라후프가 빙그르르 운동장 바닥에 나동그라지는 순간 아이들이 으악, 악을 쓰며 뒷걸음질친다. 영우의 상체가 푹 꺾인다. 나는 훌라후프를 멈추고 영우에게 다가간다. 고개를 숙인 영우의 입에서는 푸르죽죽한 색깔의 걸쭉한 액체가 흘러나온다. 아이들 중 누군가가 핸드폰으로 사진을 찍는지 찰칵 소리가 난다. 나는 발로 흙을 모아 영우가 토해낸 액체를 대충 가린다. 화려한 형광색 훌라후프 두 개를 한 팔에 걸치고, 얼굴을 들지 못한 채 손으로 입을 가린 영우를 한 팔로 끌면서 수돗가로 향한다. 우리 뒤통수에 대고 아이들은 머릿니와 송곳니 더럽네 완전 찌질 어쩌고 하면서 계속 떠든다.

영우는 물을 틀고는 얼굴과 손을 씻어내고 입속을 헹군다. 둘러보니 핸드폰을 손에 쥔 권실장 아줌마가 어디서나 영우를 지켜보는 아줌마답게 구령대 옆 계단을 내려와 우리를 향해 서두르며 걸어오고 있다. 걸음걸이도 어딘가 뾰족한 것 같다. 그때다. 틀어놓은 수돗물 소리와 운동장에서 뛰어노는 아이들 소리 틈에 영우의 목소리는 작지만 멀쩡하게 내 귀에까지 와 닿는다.

"나, 실어증 아냐."

"알아."

"어쩔 때는 말하는 것보다 토하는 게 더 편해."

"그럴 것 같아."

"엄마가 없는 건 아니야."

"그래."

"좀 멀리 있어."

"보고 싶겠다."

영우는 다시 세수를 하고는 수돗물을 잠근다. 점심시간이 끝나는 종이 울린다. 권실장 아줌마가 우리 앞에 당당히 와 선다.

"왓츠 로옹? 아 유 오케?"

"권실장 아줌마, 이따가 영우랑 우리집에서 놀아도 돼요? 바로 학교 앞인데요, 604동 701호요."

나는 괜히 또 묻는다. 이렇게 영우 몸에 이상이 있는 날엔 놀 수 없다는 걸 알면서도.

"노노."

"그럼 놀이터에서 잠깐이라도요."

"놉."

—

"진이는 아직 아무것도 모른다 쳐. 하지만 한나는 우리에 대해 다 파악했어. 나도 정말 잘해내고 싶어, 우리 둘이서 같이, 진심으로."

싸움은 오늘밤까지였으면 좋겠다.

"혼자만 자식을 위하는 척하지 마."

이어지는 아빠의 목소리도 아직은 작지만 언제 터질지 모르게 불안하다.

"그런데 애는 언제부터 저렇게 된 거야?"

"왜 늘 비난부터 해? 우린 한 팀이 되어 싸워도 이 미친 세상에서 견딜 수 있을까 말까야. 부모인 우리가 정신

차려야 된다고."

오늘밤에도 잘 자다 웅성거리는 소리에 어둠속에서 일어난다. 내 방 불을 켠다. 거실로 나와 시계를 보니 12시다. 나는 어젯밤처럼 안방 문 앞에 멈춘다.

"그것 봐. 한나는 지금 정상이 아니야. 담임 말대로 머리부터 좀 자르게 하자고."

아빠의 목소리에 이어 엄마의 한숨 소리가 아주 크게, 문 앞에 서 있는 내 발 앞에까지 아주 뜨겁게 전달된다.

"아니 내 말은, 긴 머리가 보기에도 너무 거추장스럽지 않아? 누가 시켜서가 아니라 이번 기회에 한나에게도 변화를 주면 좋잖아."

나는 얼른 나의 헝클어진 긴 머리를 손가락으로 빗어 내리며 가다듬는다.

"인터넷 보니까 파마를 시키는 것도 한 방법이라고."

"아 정말, 시스템의 화신, 한나가 찰랑거리는 긴 머리에 머리띠 하고 다니는 걸 제일 좋아한다는 거 몰라? 왜 담임 말을 들어야 해? 한나가 머리를 긁는 건 머릿니 때문이 아니라는 게 확실해졌잖아. 오늘 낮에 약국은 물론 피부과까지 다녀왔다고 했잖아. 어린 딸이 소중히 여기는 긴 머리를 학교에서 시킨다고 왜 억지로 잘라야 해? 아빠라는 사람이 마치 한나가 무슨 전염병 환자라도 되는 것처럼 말하고 있잖아. 도대체 학교 담임이랑 뭐가 달라?"

엄마의 목소리가 점점 커지고 있다.

"아, 그만 좀 해."

"좀 더 크면 긴 머리를 자르겠다고 한나 스스로 결정한다고. 자라는 애한테 정상 비정상이 다 뭐야? 학교면 다고, 담임이면 다야? 같은 반 엄마들도 항의를 한다는데, 항의하라 그래. 왜 우리가 알아서 기어야 해? 얼마나 무례한 경우야?"

아빠는 아무래도 티테이블 의자에 앉아 있다 몸을 움직이는 것 같다. 그 의자에서만 나는 특유의 끼익 소리가 어두운 집에 날카롭게 울린다. 안방은 갑자기 조용해진 것 같다. 아무도 말을 하지 않는다. 나도 숨을 죽인 채 기다린다. 이럴 땐 갑자기 화장실에 가고 싶다.

"한나 머리 긁을 때 표정 봤어?"

그렇다, 나도 그때의 내 얼굴이 궁금하다. 아빠가 말을 잇는다.

"전문가한테 보내."

나는 괜찮다.

"아유 박사님…"

엄마는 코를 풀고는 큰 소리로 아빠를 다시 부른다.

"엉터리 박사님…"

진이는 다행히 잘 자고 있는 듯하다. 좋다. 진이가 울지 않는다는 사실 하나로 나는 힘을 얻는다.

"그러다 진짜 한나가 잘못되면 어쩔 거야?"

"우리가 계속 이렇게 살면 아마 잘못될 거야."

"제정신으로 하는 소리야?"

"정신을 차리고 힘을 모으자고 그렇게 말했는데도…"

–

마지막 시간이다. 더 미룰 수 없다. 마침 선생님도 없다. 막 교실로 들어온 이혁수가 자기 자리로 가 앉더니 다음 시간 교과서며 필통 등을 책상 속에서 꺼낸다. 나는 자리에서 일어나 휘청거리듯 이혁수 자리로 간다.

"뭐냐?"

이혁수가 나를 올려다본다.

"내 지우개 줘."

"뭔 소리?"

이혁수의 자신만만한 소리에 내 가슴은 벌써부터 뒤틀리기 시작한다.

"남의 걸 빌려갔으면 돌려줘야지."

"헐, 나더러 가지라며?"

"못돼 처먹었어."

"머릿니, 뭐래?"

주위의 아이들이 이혁수 눈치를 보듯 괜히 따라 웃는다. 정말이지, 모두가 웃길 때만 웃었으면 좋겠다.

말이 통하지 않는다. 이런 순간엔 나도 이혁수를 때리고 싶다. 하지만 겨우겨우 참으며 이혁수의 아이언맨 필통을 재빨리 집어 든다. 이혁수가 벌떡 일어나며 내 어깨를 떠민다. 내 몸은 옆 책상으로 밀리면서 기우뚱거린다. 그래도 필통을 놓치진 않는다. 밀린 책상에 앉아 있던 아이가 나보다 더 겁먹은 얼굴로 일어나는 순간 반 아이들이 우우우 아아아 떠들며 이혁수와 내게로 모여든다. 뒤에서 내놔, 소리 지르며 이혁수가 내 등을 또 확 떠민다. 얼마나 힘이 센지 고개가 꺾이면서 상체가 출렁이는 순간 눈물이 아니라 눈알이 튀어나올 것처럼 어질어질하다. 책상과 같이 몸이 밀리면서 나는 남의 자리에 꼬꾸라지듯 앉는다. 책상에 나동그라지는 순간에도 필통을 지키려고 엎드려 팔꿈치로 몸을 지탱하는데 몸이 덜덜 떨린다. 떨리는 손으로 필통 지퍼를 연다. 필통 속 망사주머니에 꽂힌 내 그리운 샤프식 지우개가 보인다. 그런데 진짜 웃긴다. 이 필통 속엔 다른 아이의 이름이 씌어 있고 필기구도 모두 이혁수의 물건이 아니다.

"선생님 온다."

누군가 소리친다.

"진짜 온다."

나는 자리에서 벌떡 일어난다. 머뭇거리던 아이가 여전히 겁먹은 얼굴로 자기 자리에 앉으며 서둘러 줄을 맞춘다. 이혁수도 언제 무슨 일이 있었느냐는 듯 벌써 자리에 앉아 있다. 나는 이혁수 보란 듯 필통 속 물건을 하나씩 꺼낸다. 색색깔의 꼬치 색연필에는 '김수지'라고 적힌 라벨이 붙어 있다. 이혁수 뒷자리 김수지에게 준다. 몸을 돌려 칠판을 지나 최경민에게 다가가선 햄버거 모양의 퍼즐 지우개를 준다. 햄버거 빵 위의 '경민'이란 이름이 아주 큼지막하다. 캡슐 모양의 런던 근위병 미니 연필깎이는 그 뒷줄 박서연에게 준다. 이게 박서연 거라는 걸 반 아이들이 다 아는 것처럼, 당근 모양의 샤프펜슬은 박서연의 짝 강나루 거라는 것도 모두 다 안다. 어디서 많이 봤다 싶었던 아이언맨 필통은 당장 주인에게 줄 수 없다. 필통 주인은 오늘 아파서 결석했다. 이혁수의 뻔뻔한 목소리가 교실을 울린다.

"머릿니 옮을까봐 오늘은 봐준다."

마침 선생님이 들어온다. 아무 문제 없다. 교실은 고요하다.

"참, 오늘은 우유 마시는 것도 까먹었네요?"

우유 당번이 일어나 우유를 나눠준다. 그러나 내 자리에 와서는 머뭇거리다 빈 우유팩과 머리띠를 슬쩍 내려놓고 간다. 이혁수에게 떠밀리면서 머리띠가 떨어졌나본데 지금까지 그것도 몰랐다. 파랑 리본에 묻은 먼지를 털어내고 머리띠를 다시 하는 순간 눈물이 왈칵 나온다. 입술을 꽉 깨물며 손바닥으로 재빨리 눈물을 닦아낸다.

오늘 담임선생님은 쉬는 시간에도 교실 밖에서 아주 바쁜 듯 보였다. 그래서 아이들은 선생님 허락이 없다면서 아무도 우유를 먹지 않았지만 나는 하던 대로 2교시 끝나고 먹어버렸다. 지난밤에 모든 식구가 잠을 설친 덕분에 다 늦잠을 잤고 아침도 못 먹어서 나는 무척 배가 고팠다.

"자, 마실까요."

아이들은 일제히 우유를 마신다. 교실을 둘러보던 선생님이 나를 향해 묻는다.

"한나는 왜 안 먹지?"

"박한나는 아까 선생님 허락도 없이 먼저 갖다 먹었어요."

이혁수가 뒤돌아 나를 노려보며 기다렸다는 듯 일러바친다.

"그랬군요, 알겠어요. 그럼 이제, 다 마셨으면 여러분의 우유팩을 이렇게 기울여볼까요?"

아이들은 쪽쪽 소리가 나게 우유를 마지막까지 핥아 먹고 털어 먹고는 각자의 우유팩 입구가 책상을 향하도록 거꾸로 든다. 우유가 한 방울이라도 떨어지면 일주일

동안 우유 당번을 해야 한다.

　나도 마지막으로 한번 더 빈 통을 확인하고는 팩을 거꾸로 든다. 그때다.

　"선생님, 박한나 책상에 우유 방울 떨어졌어요."

　역시 이혁수가 고발이라도 하듯 큰 소리로 외친다. 아이들은 모두 나를 쳐다본다. 선생님도 교탁 앞에서 나를 본다.

　"새로운 우유 당번이 생겼네요."

　신아름 선생님은 교탁에서 몇 걸음을 옮기며 말을 잇는다.

　"숙제는 미루면 더 하기 싫은 법이죠. 설마 우유 당번까지 미루지는 않겠지요?"

－

　학교 끝나고 엄마 손에 이끌려 전철역 근처에 있는 피부과와 소아과까지 갔다가 또 다른 약국 한 군데를 들러 집으로 왔다. 어제에 이어 이틀째다.

　오늘 아침부터 무섭게 기침까지 시작한 엄마는 집에 오자마자 나와 진이를 집에 두고 동네 이비인후과에 잠깐 다녀오겠다며 집을 나섰다.

　배가 고프다. 냉장고 문을 열어본다. 까맣게 잊고 있었던 케이크 상자가 보인다. 상자를 꺼낸다. 식탁에 내려놓고 상자에서 조심히 케이크를 꺼낸다. 동그란 초코크림 케이크다. 꺼내기 전엔 몰랐는데 꺼내놓고 보니, 정말 날마다 초코케이크만 먹으며 살고 싶다.

어느새 봤는지 텔레비전 앞에서 엄마 모자를 눌러쓰고 놀던 진이가 달려온다. 달려드는 진이를 팔로 살짝 밀며 일단 식탁 의자에 앉힌다. 그러곤 진이에게 턱받이 수건을 둘러주고는 접시와 포크를 두 개씩 가져온다. 이어 나는 아주 엄숙하게 케이크를 자른다. 진이는 케이크가 어떻게 될까 조마조마한 얼굴로 나를 바라본다.

"이것만 먹어. 누나도 이만큼만 먹을게. 남은 건 이따 엄마 아빠 드리자."

진이는 우야누야썬나, 중얼거리며 폭풍 포크질을 시작한다. 나도 진이와 마주앉아 드디어 한입 먹는다.

아아. 저절로 눈이 감긴다.

피부과 의사가 내 머리를 뒤적거리며 위생에 더 신경써라 어째라, 심하게 긁어 딱지가 앉았네, 두피가 건조하네, 젖은 머리로 잠들면 안 되네 하며 떠들던 순간들, 진단서가 필요하다는 엄마의 요청, 이런 걸로 무슨 진단서를 떼냐고 껄껄거리던 의사, 그럼 '머릿니 없음' 한 줄이라도 써달라고 간절히 부탁하던 엄마… 약국 약사가 머릿니 완전 제거제라며 권해준 낯선 샴푸의 시큼한 냄새,

이혁수에게 떠밀리면서 머리띠가 떨어진 줄도 몰랐던 무서웠던 교실… 모든 게 떠오른다.

"진이야,"

나를 쳐다보는 진이의 코와 뺨, 앞 머리카락에 초코크림이 아주 요란하게 묻어 있다.

"누나가 머리만 자르면 다 해결된다."

진이는 이제 플라스틱 포크를 알뜰하게 빨아 먹느라 대답할 시간이 없다. 나는 벌떡 일어나 내 방으로 가 책상 서랍 안의 가위를 가져와 식탁에 놓는다. 초등학생용 안전가위는 마치 장난감 같다. 다시 일어나 엄마가 부엌에서 쓰는 날카롭고 큰 가위를 찾아온다. 초록색 안전가위 옆에 주방가위를 내려놓는다. 둘을 비교하니 주방가위는 무기처럼 보인다. 나는 의자에 앉으며 무기를 집는다. 왼손으로는 머리카락의 끝을 움켜쥔다.

"오우 쉣, 쉣쉣."

진이가 나를 보며 갑자기 내뱉는다.

가윗날을 벌려 머리카락에 갖다 대자마자 힘도 안 줬는데 사사삭거리며 머리카락 끝이 잘려 바닥으로 떨어진다. 눈을 감고 다시 한번 조심히 가위질을 하는 순간 사삭거리는 소리가 소름끼치도록 내 귀를 파고든다. 날카로운 뭔가에 찔린 것처럼 온몸이 쓰라려온다. 내가 지금 뭘 한 거지. 눈을 뜨고 바닥을 본다. 내 몸에 붙어 있던 머리카락이 갑자기 검정 쓰레기가 되어 버려져 있다. 아까 교실에서보다 더 무섭게 가슴이 뛴다.

"에비 에비."

진이가 내 손의 가위를 가리키며 중얼거린다. 진이가 위험한 행동을 할 때마다 엄마 아빠가 하던 말이다. 내가 엄마 아빠의 싸움을 무서워하는 것처럼 진이는 가위를 든 지금 내 모습을 무서워한다. 일단 가위를 식탁에 내려 놓는다.

"진이야, 누나 봐라, 내 생일케이크가 너무 맛있어서 울면서 먹는다. 흑흑."

눈물을 닦으며 생일케이크를 영우와도 나눠먹으면 좋 겠다고 생각한다. 하지만 영우는 몸이 안 좋아 학교에도 못 왔고, 그래서 나는 하루 종일 혼자였고, 지우개는 찾았 지만 앞으로 이혁수의 보복이 무서웠고, 우유를 허락도 없이 먼저 먹어서 고자질당했고, 한 방울까지 다 먹지 못 해서 우유 당번까지 걸렸다. 우유를 왜 한 방울이라도 남 기면 안 되는지 진짜 모르겠다. 그런데 집에 와서 쉬지도 못하고 지하철역 병원까지 다녀왔다. 엄마는 싸우기 위 해선 증거가 필요하다며 내 손을 이끌었다. 문제는 여기 서 끝이 아니다. 내 머리엔 이가 없지만, 계속 가렵기 때 문에 어쩌면 나는⋯ 전문가한테 가야 할지도 모른다.

어디선가 핸드폰 진동 소리가 들린다. 소리가 들리는

거실장 텔레비전 앞으로 간다. 엄마의 핸드폰이다. 집에
오자마자 서둘러 나가며 놓고 간 모양이다. 호기심으로
폰의 화면을 슬쩍 본다. '신아름 담임쌤'이다.

내 손이 나도 모르게 핸드폰으로 향한다. 내 손이 저절
로 전화를 받는다.

"한나 어머니, 오늘 상담 또 잊으셨나봐여어?"

친절하고도 애교 있는 음성이 들려온다. 나는 아무 말
도 하지 않는다.

"여보세요?"

선생님은 말끝을 올리며 귀엽게 반복한다.

"여보오세요오? 한나 어머니이, 다른 학부모님들이 하
도 성화라아, 저도 어쩔 수가 없어서 또 전화드렸,"

"저 한나예요."

선생님의 목소리가 뚝 끊긴다. 엄마를 바꿔달라고, 엄
마는 집에 안 계신다고, 알겠다고 그럼 이만 끊겠다고.

"전화 끊지 마세요."

내 입이 나도 모르게 말을 한다. 나도 '신아름 담임쌤'
과 할 말이 있다.

"왜, 한나? 무슨 일?"

"엄마랑 상담하지 마세요."

"뭐야, 한나? 선생님한테 또 화내는 거야?"

"우리 엄마는 학교에 절대 안 갈 거예요."

"이건 어른들 일인데?"

"아뇨, 내 머리카락이잖아요. 난 머릿니가 없어요."

선생님은 음… 음… 소리만 낼 뿐 말을 이어가지 못한다. 선생님이야말로 화가 난 것 같다.

"엄마랑 어제오늘 병원 세 군데나 가서 검사받고 왔어요. 아무 이상 없대요. 필요하시다면 의사 선생님이 써준 편지를 학교에 낼게요."

솔미도 솔미도, 순간 현관 벨소리가 들린다. 단순한 계이름이 내 마음속에서 울려퍼진다. 혼자 의자에서 내려온 진이가 현관 앞까지 달려갔다가 나에게 돌아오기를 반복한다.

"한나야, 무슨 오해가 있었던 것 같은데,"

"아뇨."

나는 창밖의 초가을 하늘을 바라보며 고개를 세차게 흔든다. 며칠 전 엄마가 아빠랑 싸울 때 했던 말이 떠오른다. 한나는 한나의 인생을 치열하게 살고 있어…

"나는 선생님이 내준 숙제를 하지 않기로 결심했어요."

선생님이 또 음… 음… 웅얼거리더니 겨우 말을 잇는다.

"한나야, 우리 내일 학교에서 차분히 얘기하자."

"네, 저는 선생님이 왜 내게만 그런 숙제를 내줬는지 빨리 말해줬으면 좋겠어요. 그리고,"

나는 마음이 변하기 전에 서둘러 말한다.

"나는 영우랑 노는 게 진짜 재밌어요."

신아름 선생님이 먼저 전화를 끊는다. 현관 밖의 누군
가는 다시 벨을 누른다. 핸드폰을 내려놓고 옷 위로 떨어
진 머리카락을 대충 털어내면서 현관으로 간다. 진이도
콩콩거리며 나를 따라온다. 살짝 까치발을 들고는 눈가
에 남겨진 눈물을 닦으며 렌즈를 통해 밖을 본다.

얼굴이 뾰족한 어른이 렌즈를 통해 보인다. 그 옆으로
는 하얀 마스크로 얼굴을 다 가리다시피 한 작은 꼬마가
서 있다. 꼬마는 형광 훌라후프를 손에 든 채 흔들고 있
다. 복도에서 형광빛보다 더 휘황찬란한 빛이 집 안으로
스며드는 것 같다.

오늘 당장 아이언맨 필통을 주인에게 돌려줄 수 있겠
다. 또한 사방이 머리카락인 우리집에서 필통 주인이랑
나랑 진이랑 생일케이크를 나눠먹으며 놀 수도 있겠다.
이제 곧 엄마도 올 테니 엄마랑 권실장 아줌마도 같이 놀
면 되겠다. 좋다.

에밀의 루소

수는 땀을 닦으며 실내로 들어섰다. 그러자 현관 앞 투명 스팀관 조명이 켜졌다. 수는 스팀관 안으로 들어가 작동 버튼을 눌렀다. 곧 차임벨이 울리며 '탈취·살균 스팀 소독 시작합니다'라는 기계음이 들렸다. 수는 두 팔과 두 다리를 벌렸다. 가쁜 숨을 몰아쉬며 잠시 눈을 감았다. 그러나 기다려도 스팀 샤워 기능은 작동하지 않았다. 기다리는 십여초 사이 온몸은 더 땀범벅이 되었다. 슬슬 팔도 아파왔다. 그 순간이었다. 다시 차임벨이 울리더니 '스팀 소독 끝났습니다', 라는 기계음이 경쾌하게 울렸다. 수는 팔을 내리며 한숨을 쉬었다. 스팀관을 터벅터벅 나오는데 감사합니다, 하더니 스팀관은 어두워졌다.

"뭐가 감사해."

수는 이마의 땀을 닦으며 의자로 와 털썩 앉았다. 수가 앉자 바닥에 장착된 메탈 소재의 둥근 탁자가 자동으로 솟아올랐다. 수는 바람막이점퍼를 벗어 바닥으로 내던졌다.

"왜 스팀관까지 오작동이야."

수는 신경질적으로 손부채질을 반복했다.

"아무리 달려도 화가 가라앉질 않아."

수는 고개를 가로저었다. 마침 투박한 모터 소리가 거실 구석 어디에선가 들려왔다.

"사람이 왔는데 좀 내다봐라. 아무리 고물이라도 그렇지…"

-또 너는 다리를 너무 벌리고 앉아 있다-

루소의 목소리였다. 수는 탁자 중앙을 손바닥으로 탕 내려쳤다.

"야!"

-왜-

"남이야 다리를 벌리고 앉든 오므리고 앉든."

수는 어이없다는 듯 웃어젖혔다.

"좋은 말로 할 때 빨리 나와라."

-방금 그 말은 좋은 말이 아니다-

실내는 잠깐 조용해졌다. 루소가 움직임을 멈춘 듯했다.

"루소, 왜 밤낮 네 맘대로야? 그렇게 내가 우스워? 너, 진짜 그 정도로 고물이야? 아직도 그 글 안 지웠지? 빨리 비번을 대지 못해. 아니면 제대로 2차전 해볼래?"

수는 허공을 향해 손가락질을 하며 쏟아냈다. 모터 소리가 들리는가 싶더니 실내는 다시 조용해졌다. 수는 맥없이 팔을 내렸다.

"내가 좀더 생각하고 글을 고치겠다고 했잖아. 왜 네 맘대로 내 파일을 시청 민원실 게시판으로 전송해?"

수는 가라앉은 목소리로 다시금 말했다.

-넌 좋은 시민으로 살고 싶다고 했다-

"그랬다."

-시장님께 보내는 너의 편지엔 좋은 생각이 많이 들어 있다-

"아니, 이제 확실히 깨달았어. 너의 정보와 가르침은 너무 올드해. 한때는 천하의 교육로봇 '루소'였지만 더이상은 아냐. 넌 말이야, 헛소리 쓰지 말라고 날 말렸어야 했어. 야산에 도시텃밭을 조성해야 한다고 내가 써놓고도 참…"

-완벽하다. 이 도시의 마지막 자연녹지를 파헤치면 안 된다. 인공호수는 필요 없다-

"시끄러."

-넌 진짜 훌륭하다-

그런데 그 순간 갑자기 차임벨이 울렸다. 스팀소독 시작합니다, 스팀소독 시작합니다… 기계음이 울리더니 스팀관에 스팀이 세차게 쏟아지기 시작했다.

"제대로 된 게 하나도 없어. 빡쳐!"

드륵쉭, 드르륵쉭. 모터 소리가 다시 들리기 시작했다. 드디어 루소가 탁자를 향해 천천히 다가왔다. 몸체가 통통하고 가슴팍에 내장된 화면도 크지 않은 구형 모델다운 풍채였다. 두 팔은 있지만 손가락은 집게처럼 끝이 두 갈래로 갈라진 게 다였고, 얼굴엔 카메라 역할을 하는 두 눈과 헤 벌어진 입뿐이다. 몸통 뒤편엔 뭐에 부딪혔는지 기억도 안 나는 흠집이 군데군데 있다. 흠집을 가려준다고 수는 늘 붉은 스카프를 그 부위에 둘러주었다. 키는 수의 앉은키보다 조금 컸지만, 스카프 때문인지 수의 기분 때문인지, 오늘따라 더 땅딸막해 보였다.

-시원한 물 있다-

음성 또한 구형답게 억양이 어색하고 딱딱했다. 탁자 앞에서 멈췄던 루소가 다시 움직였다. 그런데 탁자와 부딪히며 핑그르르 회전하더니 탁자에서 멀어졌다. 화면에 '위치인식 오류'라는 메시지와 함께 화면 상단 왼쪽에 빨간불이 들어왔다. 이어 경고음이 한번 울렸다. 루소는 다시 정면을 향했다가 이번에는 제대로 탁자를 돌아 수 앞으로 왔다. 수는 루소의 오른쪽 어깻죽지 위의 버튼을 눌렀다. 보이지 않던 뚜껑이 열리면서 초소형 냉장고의 냉기가 수에게 냉기를 선사해주었다. 수는 작은 생수병 하나를 꺼내 한모금 마셨다. 루소는 다시 몸을 돌렸다. 이번에는 탁자의 위치를 제대로 피해 건너편으로 돌아갔다.

-날… 버리려고?-

"누가 받아주겠냐?"

-그렇다…-

수는 팔짱을 낀 채 루소를 바라보았다.

"스무살에 보육원을 나와 독립하면서 너랑 보낸 8년 내내 나는 뭘 한 거니? 여기서 찔끔 저기서 찔끔 일하다 백수로 눌러앉았고, 조리사자격증은 아직 따지도 못했고, 보육원 친구들은 다 한가락 하는 것 같던데…"

수는 생수를 벌컥거리며 마셨다.

"내 머리가 나빠, 나도 알지. 근데 루소, 너에게도 문제는 있다고 생각해."

수는 입가의 물기를 닦으며 루소를 향해 정면으로 앉았다.

-넌 정말 똑똑하다-

"구형 로봇이 보기에 똑똑하겠지."

-넌 크게 될 인물이다-

"대통령, 과학자, 그런 거 말이냐?"

-넌 나한테 잘 자,라고 인사도 한다-

"너도 밤엔 졸릴 거 아냐."

-난 사람이 아니니 졸리지 않다-

"맞아, 넌 로봇이었지. 근데 잔소리를 어쩜 그렇게 잘 하냐."

수는 혼자 키득거렸다. 그러자 루소의 화면에 잣나무 숲과 계곡이 이어지는 풍경이 나타났다. 물 흐르는 소리와 산새 소리가 실내에 가득 울려퍼졌다.

"너, 기분이 좋구나."

-넌 나를 칭찬한다-

수는 의자 등받이에 몸을 기대며 루소를 한참 바라보았다. 루소의 화면에는 들꽃이 핀 언덕이 끊임없이 펼쳐졌다.

"그래, 너에게 좋은 점이 많지… 그러니 내가 너를… 탓해 무엇 하겠냐. 네가 그렇게 생겨먹었으니 내가 이렇게 생겨먹었고, 내가 이렇게 생겨먹었으니 너가 그렇게 생겨먹은 거지. 네가 첫 출시될 때 개발사에서 내건 카피가 이제야 뼈저리게 와닿는다."

-광고 카피?-

"그래."

수는 에헴 목을 가다듬고는 기계음 톤을 흉내냈다.

"당신의, 거울이, 되어, 드리겠습니다."

-우리는 서로의 거울이다-

"그래, 맙소사, 눈물 나게 고맙다."

-사실, 나도 부탁이 있다-

"부탁?"

수의 목소리가 높아졌다.

-나는 네가 나를 폐기처분해주기를 부탁한다. 다른 사
람한테 되팔지 말고 네가 마지막까지 나를……-

"님아, 루소님아?"

수가 루소의 말을 낚아챘다.

-어?-

"있잖아, 중고시장에 이제 너 같은 모델은 내놓을 수도
없거든."

루소의 화면에 포효하는 사자의 모습이 당장 드러났다.

"한마디 했다고 금방 샐쭉하냐?"

수의 말이 끝나자마자 루소의 화면은 졸음에 겨운 귀
여운 새끼고양이로 금방 또 변했다.

-난 정말 고백하고 싶다-

"해라."

수는 시큰둥하게 대답했다.

-난, 위치인식이 점점 헷갈린다. 방금도 봐라, 너한테
가는 완만한 곡선의 2.75미터를 한번에 못 갔다. 앞으로

오작동은 더 자주 일어날 것이다, 그래도 난 네가 좋다…

부탁한다, 에밀-

수는 두 손으로 머리를 감싸쥐었다.

"또 에밀 타령이냐?"

-미안하다. 에밀이 역사적으로 내 첫 제자 이름이다 보니 실수했다… 내가 요새 이런다. 아무튼, 부탁한다-

수는 아무 말도 할 수가 없었다. 루소의 고백을 되새기며 그저 루소를 바라볼 뿐이었다.

-너는 나를 오래 쳐다본다-

"그래, 널 보고 있지."

-넌 음식을 잘 만든다-

"음식? 재료만 준비해주면 음식은 너도 잘 만들잖아. 인건비가 비싸다고 사람은 써주지도 않으니 그런 기술은 정말 꽝이다…"

-난 너의 경쟁자가 아니다-

"그렇지, 넌 나의 거울이지."

-에밀은 나의 창조된 제자다. 사실 나는 에밀을 모른다. 하지만 나는 너를 안다. 네가 나의 첫 제자다. 부탁한다, 나의 진정한 에밀…-

수는 뒷목을 주무르며 소리 없이 웃었다.

"이건 무슨 알 수 없는 억지 알고리즘이야? 내가 왜 갑자기 너의 에밀이야?"

-다 먹은 생수병은 분리수거 통에 넣어야 한다-

"그럼 그렇지."

-옷은 옷걸이에 걸어야 한다-

"지금 막 걸려고 했거든."

-땀을 흘렸으면 씻어야 한다-

수가 벌떡 일어났다. 생수병을 들고 루소를 향해 달려 드는 시늉을 하니 루소가 질세라 또 한마디 한다.

-폭력은 나쁘다-

"고만해라."

루소는 몸을 돌리더니 드륵쉭 드륵드륵쉭 소리를 내며 실내 구석으로 몸을 돌렸다.

–

안 그래도 배가 고팠던 수는 접시에 코를 박은 채 음식 을 먹기 시작했다. 옆에 서 있던 루소가 먼저 입을 열었다.

-너는 네가 만든 볶음밥을 맛있게 먹는다-

"그러게. 난 내가 만든 볶음밥이 제일 맛있어. 근데, 나 만 먹으니 좀 미안하네."

-난 네가 운동 나간 사이 충전을 마쳤다-

"혹시 배고프면 말해. 먹다 남은 밥알이라도 얼굴에 붙 여줄게."

-역시, 넌 나의 에밀이다-

수는 접시를 긁으며 웃었다.

-수, 그거 아는가?-

수는 입 안 가득 밥을 밀어넣고 정신없이 씹으며 대답했다.

"나야 당연히 그거 모르지."

-나는 고물이지만, 사람 보는 눈이 있다-

"점쟁이 나셨네."

-너에게만 말하는데……-

루소는 말을 하다 멈췄다. 그 사이에도 수는 쩝쩝거리며 밥을 먹었다.

-나에게도 무의식이 있다-

수는 드디어 접시에서 고개를 들었다. 입 안의 음식물을 꿀꺽 삼켰다. 그러곤 루소를 빤히 바라보았다.

"고오뢰에?"

-그렇다-

수는 냅킨으로 입가를 닦았다.

-네가 나의 무의식이다-

수는 눈을 동그랗게 뜨며 아하, 소리를 높였다.

"루소, 너가 사람이고 내가 로봇 같은 이 느낌은 뭐지?"

-우린 서로의 거울이니까-

수가 웃을 듯 말 듯 묘한 표정으로 루소를 바라보는 동안 루소의 화면에 수가 작성한 게시글이 올라왔다.

-넌 글을 잘 쓴다. 문제의식이 날카롭고, 해결방안은 신선하다-

"아, 그 얘긴 그만."

-신선한 과일 좀 줄까-

"아냐, 진짜 배불러."

-나도 아니다. 게시판 글은 안 지울 거다-

수는 접시를 드디어 밀어냈다. 기계적으로 입을 우물거리며 자신이 흘린 밥알만 쳐다보는 사이 루소가 움직이기 시작했다. 수는 드르륵 소리에 고개를 들었다. 수는 팔을 뻗어 마주선 루소의 어깨에 손을 얹었다.

"잠깐 루소. 있잖아…"

수는 루소를 보며 조용히 웃었다.

"나를 제자 삼아줘서 고마워."

-고맙긴-

루소는 어깨동무를 하고 들판을 걷는 친구들의 뒷모습을 화면에 띄웠다.

"진짜 루소는 나를 제자로 안 받아줬을 거야. 제자로 받아줬다 해도 바느질이나 가르쳤을 거야. 산에도 못 가게 하고, 글도 못 읽게 했을 거야. 아마 자기가 창조해낸 가상의 제자 에밀의 뒤치다꺼리나 하라고 가르쳤을 거야. 따져 묻고, 비판하며, 새로운 세상을 만들 상상력은 안 키워줬을 거야. 그래서 한번 더 말하는데, 내가 글을 잘 쓴다면, 그건 다 네 덕분이야. 하지만 루소, 내 허락 없이 내 파일을 건드려선 안 돼. 정말, 아깐 걷잡을 수 없이 화가 났다고."

-나는 정말 미안하다-

"다신, 그러지 마."

-하지만 너도 나한테 고물이라고 했다-

"그래, 그건 나도 미안."

-힘들었을 텐데, 달달한 거 줄까-

"됐고, 이리 와봐."

수가 이번에는 루소의 양 어깨에 두 손을 올렸다.

"스카프가 돌아가서 흠집이 다 보이잖아."

수는 루소의 스카프를 손보며 흠집을 제대로 가려주었다.

-가려지는 건 흠집만이 아니다-

"뭔 소리?"

-우리의 다툼이 마무리된다-

"아무래도 넌, 인간이지 싶다."

그런데 순간, 벨소리가 울리며 루소의 화면에 한 남자의 얼굴이 나타났다. 화면 속 남자는 계속 머리를 매만지며 웃고 있다.

"누구지?"

수는 화면을 뚫어지게 들여다보았다.

"아는 사람 같기도 하고, 설마, 체시메?…"

-체시메는 첫 방문자다-

"그러게. 보육원에서 헤어진 지가 언젠데, 웬일이지?"

-문을 열까-

"그래."

-문을 열고 촬영도 시작한다-

"오케이."

수는 식탁의자에서 일어나며 머리를 대충 매만졌다. 그러곤 물 한모금을 마셨다. 루소의 눈이 밝아지며 화면 엔 카메라 모드가 깜빡거리기 시작했다. 이어 자동현관 문이 열렸다. 뒷짐을 진 채 천천히 들어서는 방문객을 향해 수는 걸음을 옮겼다. 스팀관 앞에서 수와 방문객은 둘다 걸음을 멈췄다.

"실례합니다."

방문객이 말했다.

"저는 체시메라고 하는데요."

"맞구나, 체시메."

수의 얼굴에 웃음이 번졌다.

"수, 날 잊지 않았구나."

체시메는 뒤에 숨기고 있던 꽃다발을 수에게 건넸다.

"내가 어떻게 너를 잊겠니."

수는 함박웃음과 함께 꽃다발을 받아들었다. 체시메는 수의 오른손을 끌어다 악수하며 세게 흔들었다. 수는 어색해서 손을 빼고 싶었지만 체시메는 손을 놓지 않았다.

"여기 계속 살고 있어 다행이다. 진작 찾아오고 싶었어."

"반갑다, 체시메."

그때 드륵억 소리가 났다.

-안녕하세요? 생활밀착형 교육로봇 루소입니다-

수는 자연스럽게 손을 빼내며 루소를 향해 몸을 틀었다.

"루소, 성질도 급하다."

-체시메 님, 저리로 앉으시죠. 차 한잔 드시겠습니까? 제가 준비해드리겠습니다-

수와 체시메가 거실로 움직였다. 루소도 그들을 따라 몸을 틀었다. 수와 체시메가 거실 중앙으로 오자 원목의 테이블과 포근한 패브릭소파가 바닥에서 솟아올랐다. 수는 소파의 왼편 끝에 체시메는 오른편 끝에 앉았다. 루소는 오픈 주방으로 가 싱크대에서 커피를 내리기 시작했다. 루소는 느리긴 했지만 제법 능숙하게 커피머신을 다뤘다.

"시간 정말 빠르다."

수는 옛 친구를 바라보며 말했다.

"그러게. 갑작스럽게 찾아와서 놀랐지?"

"좀…"

"다들 네 소식 궁금해해. 나도 그랬고."

수는 어색하게 웃었다.

"넌 어떤 네트워크에서도 보이지 않더라."

"내가 그랬나?"

"단치 기억나? 우리가 돼지코라고 놀렸던."

"아, 기억난다."

사실 수는 단치가 누구인지 가물가물했다.

"걔는 지금 이름난 목수잖아. 수공업회 회장이기도 하고. 주연이도 기억나지? 최근에 로르슈 정상까지 올랐다는 등반인. 걔가 어려선 미끄럼틀도 못 타던 애라고 하면 누가 믿을까. 응티모는 벌써 하늘나라 갔잖아. 그건 너도 알지? 응티모한테는 모든 약이 들질 않았다더라고, 신약도 안 들고… 미한이 그 자식은 벌써 머리가 다 벗겨졌다던데? 이마가 아주 훤해졌대."

체시메는 한동안 떠들며 껄껄거렸다. 대충 알아듣는 척하며 어색하게 웃던 수는 꽃을 내려다보며 잠시 고개를 숙였다. 그때 갑자기 체시메의 손이 다가왔다. 그러더니 수의 왼쪽 귀를 잡아당겼다.

"참, 여기 흉터 아직도 있니?"

수는 놀라서 체시메의 손을 밀쳤다.

"흉터?"

체시메는 아랑곳하지 않고 상체를 더욱 가까이 숙이며 말을 이었다.

"우리 일곱살 땐가, 보육원 놀이터에서 잠자리를 서로 잡겠다고 싸운 적 있잖아. 그땐 내가 너한테 밀렸지. 네가 나보다 키도 크고 힘도 셌거든. 화가 나서 내가 너한테 돌을 던졌잖아. 생각 안 나? 귀 뒤가 찢어지면서 피가 나고, 서로 놀라서 울고불고… 말하다보니 그때가 그립다."

체시메가 박수를 치며 웃음을 터뜨렸다. 수는 예의상 겨우 따라 웃었다.

"그런데, 혼자 사니?"

"아니, 루소랑 같이 살아."

"루소? 아, 저거?"

체시메는 주방의 루소를 힐끗 쳐다보았다. 수는 아직까지도 귀 근처가 스멀거려 집중이 되지 않았다.

"그래, 하는 일은 뭐야?"

"그냥…"

"너, 옛날부터 음식 잘 만들었잖아?"

"그게 쉽지 않은 게, 사람은 인건비가 많이 드니, 채용하는 곳도 많지 않고…"

수는 변명투로 말했다.

"그럼 어떻게 살아?"

"청년보조금으로 지내고 있어."

"내가 우리 호텔에 일자리 알아봐줄까? 자격증은 있지?"

수는 우물거렸다. 체시메는 빨리 대답하라는 듯 다리를 떨었다.

"아직, 자격증은… 못 땄어."

"그래? 생활이 어렵겠는걸?"

수와 체시메는 한동안 아무 말이 없었다. 그러다 목소리 톤을 억지로 꾸민 수가 먼저 입을 열었다.

"근데, 너 오늘 되게 멋지다. 재킷에 넥타이에, 번쩍거리는 구두에… 무슨 날이니?"

"널 만나러 왔으니 특별한 날이지."

"듣기 싫지 않은데? 그 유명한 동물테라피스트 님께서 띄워주시니."

"유명하긴 뭘 유명해. 그냥 최근에 좀더 큰 곳으로 옮겼을 뿐이야."

체시메는 엄청 뻐기며 말했다.

"이거 나만 기죽는구나. 너 처음 자리잡았던 애견호텔도 규모가 엄청났잖아."

"거기? 거기는 구멍가게 수준이었어. 지금 옮긴 호텔은 다국적 체인 대형 리조트거든. 부대시설로 지어진 애견호텔인데도 시설과 의료인력과 수용 규모는 대단해. 장례시설과 납골당까지 완벽히 갖춰진 곳이거든."

"와우, 보육원에서 동네 고양이랑 강아지 돌보는 거 보고 그때부터 네 능력 알아봤다."

"그래?"

"둥지에서 떨어져 시름시름 앓던 참새 새끼도 네가 살려냈잖아?"

"그랬나? 나한테 관심이 있는 줄은 몰랐는데?"

"뭐, 엄청 큰 관심이 있었다는 건 아니고."

그런데 그때 주방에서 뭔가가 떨어지는 둔탁한 소리가 났다. 이어 루소의 몸에서 경고음이 세 번 연달아 울렸다. 수는 아직까지도 들고 있던 꽃을 테이블에 내려놓으며 벌떡 일어났다.

"잠시만."

수는 루소를 향해 빠르게 걸음을 옮겼다. 싱크대 위에는 물이 쏟아져 흥건했고 바닥까지 젖어 있었다.

"무슨 일이야?"

수는 소리를 낮춰 물었다.

-내가 주전자를 쓰러뜨렸다-

"다친 데는 없어?"

-내 관절이 이상하다. 거리조절에 또 실패했다-

수는 마른 티슈 여러 장을 뽑아 싱크대와 루소의 얼굴,

바닥 등을 서둘러 닦은 후 말했다.

"괜찮아, 놀라지 마."

-싱크대 맨 아래 서랍에 스패너 있다. 그걸로 내 오른 팔 관절 육각너트 좀 조여주면 좋겠다-

수는 서랍에서 스패너를 꺼냈다.

"알았어. 잠시만 기다려."

-전원은 내리지 마라-

"그래."

-천천히 해라. 팔꿈치의 버튼부터 눌러라. 그래야 팔 덮개가 열린다-

"나도 알거든."

수는 스패너를 찾아 팔꿈치 관절 부위의 연결 너트를 힘주어 조였다.

-체시메 맘에 안 든다. 한 잔밖에 못 만들었는데 네가 먹어라-

"어쨌든 손님이잖아."

-빡쳐!-

"어디서 그런 나쁜 말을 배웠어?"

-아까 너한테-

"루소, 이따 다시 얘기하자."

수는 스패너를 내려놓고 팔 덮개를 닫으며 루소를 쥐어박는 시늉을 했다. 그러고는 아무 일 없었다는 듯 커피잔을 들고 거실 소파로 갔다. 루소는 거실을 향해 몸을 돌리더니, 한 선수가 코너에 밀린 채 무참하게 얻어터지는 UFC 경기 장면을 화면에 띄웠다.

"커피 마셔."

수는 아무 일 없었다는 듯 말했다.

"고마워."

체시메는 후루룩거리며 커피를 마시고는 갑자기 다정한 투로 수에게 물었다.

"꽃은 맘에 드니?"

"그럼, 얼마 만에 받아보는 꽃인데. 참 예쁘다. 고마워."

체시메는 뭔가 탐색하는 얼굴로 수를 바라보았다.

"한 가지 사적인 질문을 해도 될까?"

"우리 사이에 뭘 그리 예를 갖추니?"

수는 머뭇거리지 않고 대답했다.

"그러니까, 내가 궁금한 건 말이야…"

"나도 궁금하다, 뭔데?"

체시메는 커피잔에서 손을 떼며 말을 이었다.

"너의 생산노동 커리어인데 말이야…"

"아, 그거라면 별로 할 말이 없는데."

"왜?"

"관심도 없고, 할 상황도 아니니까."

"그러니 너가 아직도 이러고 살지."

"내가 어때서?"

수는 턱을 치켜올리며 되물었다. 체시메는 가르치는 투로 말을 시작했다.

"생각을 해봐라. 임신을 하면 임신 기간 내내 생산보조금을 받을 수 있잖아. 그게 청년보조금보다 훨씬 짭짤한 거 몰랐어? 그리고 생산을 마치면 신생아 생산물은 공동보육원으로 보내면 그만이잖아. 넌 책임질 일도 없어, 그럴 필요도 없고. 우리도 그렇게 태어나고 자란 거잖아. 돈 받아먹으며 생산노동만 하면 되는데 왜 이러고 살아?"

수는 골똘한 표정으로 고개를 끄덕거리며 턱을 매만졌다.

"그러게, 듣고보니 생산이 노다지네. 하지만 난 그럴 상황도 아니고 그럴 생각도 없는데…"

"종잣돈 마련하는 데는 생산이 아주 좋아. 나도 그렇게 돈을 모으기 시작했거든."

"그랬구나."

수는 천장을 올려다보며 중얼거렸다.

"과정도 복잡하지 않아."

"하지만 난, 결격 사유가 많아. 구직중이고, 그러니 세금도 못 내고, 게다가 보조금으로 살고 있잖아. 어떤 네트워크에서도 활동하지 않으니 제공할 정보도 없고,"

"저거 이름이 뭐랬지?"

체시메가 수의 말을 끊으며 물었다.

"뭐?"

"싱크대 앞에 있는 저거. 물소랬나?"

"물쏘라니, 루쏘!"

수는 버럭 소리를 질렀다. 루쏘 또한 다시 UFC 화면을 띄웠는데, 얻어터지던 선수 얼굴은 이미 푸르뎅뎅하게 부어 있었다.

"아아, 맞다, 루쏘. 그걸 가지고 뭘 그리 발끈하냐? 아무튼, 내 말 들어보라고. 요새 누가 저런 구형 모델을 써? 나는 아까 처음 보고 생김새며 모터 소리에 너무 놀라 박물관에 온 줄 알았다니까. 스카프는 또 뭐야? 이게 다 보조금으로 사니까 구질구질할 수밖에 없는 거라고. 저런 로봇은 거저 줘도 아무도 안 가져가."

"체시메!"

수의 목소리는 더 날카로워졌다.

"갑자기 왜 소릴 질러?"

"말 좀 가려 할 수 없냐?"

"내가 뭘 어쨌다고?"

"네 눈엔 내가 그렇게 한심하니?"

"넌 원래 좀 맹했잖아."

체시메는 뻔뻔하게 웃으며 말했다.

"그러니까, 왜 똑똑한 동물테라피스트 님께서 보조금으로 먹고사는 맹한 나를 찾아왔나?"

"맹한 애들은 눈치도 느리다니까?"

"오래간만에 만난 보육원 동기라 좋게 말하려고 했는데, 너 지금 되게 무례하다."

체시메는 커피잔을 들더니 또 후루룩거리며 커피를 마셨다.

"서로 안부를 확인했으면 된 거 아니니. 이제 그만 나가주면 좋겠는데?"

수의 말에 체시메는 섭섭한 듯 목소리를 깔았다.

"옛 친구한테 너무 야박한 거 아니냐?"

수는 생각을 정리하는 듯 이마를 만지작거렸다.

"수, 내 말 잘 들어, 나 말이다, 예전에 내가 아니야. 보육원 살 때 저녁으로 나온 주먹밥을 길 잃은 강아지랑 나눠먹던, 그 체시메가 아니라고."

"그래서? 돈 좀 벌면 옛 친구에게 무례해도 된다는 소리냐?"

"내가 돈이 좀 급해서 그래."

체시메는 기어들어가는 소리로 말했다.

"백수인 나한테 돈을 꾸러 왔다고?"

"아니 그러니까 그게, 좋은 투자처가 생겼거든. 이 도시 서쪽에 땅을 좀 사려고."

"미안하지만 잘못 찾아왔다."

체시메는 커피잔을 밀치고 팔을 수 앞으로 더 뻗었다.

"수, 내 말을 잘 들어봐. 생산 있잖아. 혹시, 나의 생산
파트너가 될 생각은 없니? 너도 더 나이 들기 전에 초산
을 끝내면 네 생산커리어에도 유리할 텐데 말이야. 공짜
로 임신검진 겸 건강검진 받고 네 몸상태만 좋으면 배란
일 추천 받아 간단히 끝낼 수 있어. 참, 그런데 인공수정
으로 하면 너나 나에게 돌아오는 몫은 별로 없어. 우린
젊은데 의료기술의 도움이 왜 필요해? 사실 생산노동이
랄 것도 없지, 뭘. 젊은 사람들한테 그런 게 뭐 노동이야?
너도 그렇게 생각하지?"

"생산에 참여할 생각 1도 없는데."

수는 일초의 망설임도 없이 대답했다. 체시메는 수를
향해 아예 몸을 틀었다.

"찬찬히 생각을 하고 말해. 참고로 내 생산결과물은 언
제나 우세했어. 내가 정자 하나는 튼튼하거든. 그건 네가
인구조절기구에서 조회해보면 당장이라도 확인할 수 있
다고. 나는 생산결과물들에게 피해가 안 가는 선에서 내
생산정보를 개괄공개로 설정해놓았거든. 초산인 네게 리
스크가 있는데도 경험자인 내가 선심 쓰는 거야."

"이제 그만 가주면 좋겠는데?"

체시메는 수를 향해 뻗은 팔을 거두더니 팔짱을 꼈다.

"그러니까, 네 잘난 몸뚱이로는 절대 생산노동을 하지 않겠다, 이건가?"

"제정신이냐?"

"보조금 받으며 평생 놀고먹겠다?"

"완전 선을 넘는구나."

체시메는 음흉하게 웃으며 목소리를 낮췄다.

"쑥스러워서 그래? 우린 어려서부터 발가벗고 개울에서 놀던 사이잖아. 그리고 우린 어른이고, 이건 비즈니스잖아? 너만 잠깐 시간을 내주면 어려운 일도 아니야. 내가 나이스하게 해줄게. 너에게도 좋은 시간이고, 남는 장사일 거야. 몸으로 뽑을 수 있을 때 우리, 실컷 뽑아내자. 서로에게 이득이 되는데 그걸 왜 안 해?"

체시메는 아주 신이 나서 말했다.

"그럴 생각 없다니까. 이제 그만 나가라고!"

수의 앙칼진 소리를 끝으로 실내엔 한동안 정적만 맴돌았다. 한참 동안 수와 루소를 번갈아 바라보던 체시메는 고개를 절레절레 흔들었다. 그러더니 노골적으로 코웃음을 치며 벌떡 일어섰다.

"맹한 것들 하고는 이래서 말이 안 통해."

체시메는 바지주머니에 두 손을 찔러 넣으며 거들먹거렸다.

"보조금 중독자와 고물깡통이라, 잘 어울리네."

그때 루소가 드륵쉭 소리를 내며 소파 옆으로 다가왔다.

-커피 맛은 어떠셨나요?-

"물소, 넌 좀 빠져라."

"루소에게 함부로 말하지 마."

수도 벌떡 일어났다.

-즐거운 시간 보내셨나요?-

"다시는 안 봤으면 좋겠다, 체시메."

수가 말하자 체시메는 실실 웃었다.

"생각이 변하면 연락해. 켄싱턴 그룹 알지? 거기로 접속해서 애견호텔 네트워크로 들어가 내 이름 검색해. 그럼 언제든 연락 가능하니까."

-현관은 이쪽입니다-

"어이 물소, 커피 잘 마셨어. 고철깡통이 제법이야."

루소가 현관을 향해 몸을 돌리는 순간이었다. 쾅 소리가 나며 루소가 탁자에 부딪혔다. 커피잔이 쓰러지는 동시에 경고음이 세 번 울리면서 뜨거운 커피가 체시메 다리로 순식간에 쏟아졌다.

"앗, 뜨거."

루소가 두어 번 계속 헛도는 동안 경고음이 또 세 번 울렸다. 체시메는 탁자 위의 꽃다발을 집어 루소를 향해 던졌다. 꽃잎들이 사방으로 흩어지는 동안 수는 입을 벌린 채 루소와 체시메를 바라볼 뿐 뭘 어찌해야 할지 알 수가 없었다.

"쌍,"

"아, 어떻게, 괜찮니?"

수는 체시메에게 먼저 다가갔다.

"저, 고물 같으니라고! 너도 비켜. 화장실 어디야?"

"저기 왼편이야. 미안해서 어쩌니. 어서 찬물로 씻어
내."

"저걸 그냥."

"루소는 원래 이런 실수 잘 안 하는데…"

"개빡쳐."

체시메는 거실 왼편 화장실로 절뚝거리며 갔다. 수는
한참 동안 말없이 루소를 바라보았다. 그러다 꽃잎을 밟
으며 루소에게 다가갔다. 루소는 뒤로 물러섰다.

-꽃잎 밟지 마라-

"지금 꽃잎이 문제야?"

-큰 문제다-

"왜 그랬어?"

-뭘?-

"내가 모를 줄 알아? 체시메는 어린 시절 내 친구잖
아."

-위치인식이 흐려졌다-

"이제 나한테 거짓말도 해?"

-거리조정에 오차가 생겼다-

"어쨌든 우리집에 온 손님이잖아."

-좋은 손님은 집주인을 괴롭히지 않는다-

"나도 참았잖아. 그러면 루소 너도 참을 수 있었잖아."

-너를 괴롭혔다. 꽃으로 내 머리도 때렸다-

"그래, 체시메가 좋은 손님은 아니야. 하지만 내가 누구야?"

-수-

"그리고?"

-나의 첫 제자 에밀-

"그럼 넌 누구야?"

-에밀의 루소-

"좋아, 루소. 체시메는 너와 나에게 무례했어. 사실 나도 체시메를 한 대 치고 싶을 정도였어. 체시메가 화장실에서 나오면 우리에게, 특히 너에게 사과하라고 할게. 그러면 루소 너도 체시메에게 사과해야 해. 너는 진짜 루소보다 더 훌륭한 루소잖아. 세상 사람 다 몰라도 나는 너를 알잖아. 그럼 된 거잖아. 허접한 인간한테 말려들지 말자고."

―

"실례합니다."

마주서 있던 수와 루소는 소리가 난 현관 쪽을 동시에 바라보았다.

"문이 열려 있어서 들어왔습니다. 시민 수라는 분을 찾는데요."

수가 먼저 현관을 향해 걸음을 뗐다.

"제가 수입니다만, 누구시죠?"

제복을 입은 창백한 얼굴의 중년 여자였다. 짧은 커트 스타일을 한 여자의 손엔 탭이 들려 있었다.

"반갑습니다. 저는 시청 홍보실 민원담당 직원 케이라고 합니다."

루소가 뒤이어 드륵쉭 소리를 내며 따라왔다.

―안녕하세요? 저는 생활밀착형 교육로봇 루소입니다―

수는 루소를 돌아보고는 혼잣말처럼 저리 가 있어, 라고 속삭였다. 그러자 루소는 풀이 죽은 듯 뭔가 더 둔탁한 모터 소리를 내며 거실 구석으로 향했다.

"직원 케이님이시라고요? 그런데 무슨 일이시죠?"

"다름이 아니라,"

여자는 들고 있던 탭을 들어 보였다. 화면 속에는 루소가 민원실 게시판에 올린 수의 글이 띄워져 있었다.

"시민님께서 민원실 게시판에 올려주신 글을 보고 직접 찾아왔습니다."

"아, 게시판 글이요."

"우리 시장님의 도시운영 철학과 방향을 대면으로 설명해드리기 위함이죠."

"제가 괜히 번거롭게 해드렸네요."

"아닙니다. 시장님은 시민 수님의 글에서 많은 영감을 받았다 하십니다. 감사의 말씀을 꼭 전해달라 당부하셨습니다."

"말씀만으로도 제가 감사합니다."

"그런데 시민 수님이 잘 모르는 부분이 있는 것 같아서…"

"제가 모르는 게 있다고요?"

"네."

여자의 얼굴에는 시종일관 표정이 없었다. 수는 갑작스런 피로감을 느끼며 여자에게 다시 물었다.

"제가 무엇을 모르고 있나요?"

"대부분의 시민님들은 자신의 이익과 관련된 부분에만 관심을 둡니다. 그러나 우리 시장님은 모든 걸 종합적으로 판단하십니다."

"그러시겠죠."

에밀의 루소

"아시다시피, 우리 도시는 문제의 야산을 경계로 동과 서로…"

여자의 목소리가 기계음 톤으로 전환되었다. 수는 순간 여자를 의심의 눈초리로 쳐다보았지만 여자는 아무렇지 않게 말을 이었다.

"저는 직원 케이입니다. 즉 인간입니다. 공무원을 사칭한 사이보그가 아닙니다. 시청 네트워크로 접속해 당장 조회해보셔도 됩니다. 저의 업무용 음성이니 안심하시지요. 다시 이어가자면, 우리 도시는 문제의 야산을 경계로 동과 서로 두 동강이 났습니다. 모든 격차가 점점 심해지고 있죠. 그러니 야산을 파헤쳐 허물어야 합니다."

"과연 그럴까요?"

수는 경계의 눈초리를 풀지 못한 채 반문했다.

"그럼요. 경제적으로나 문화적으로나 교육적으로나, 동쪽은 아주 낙후되어 있습니다. 보세요, 서쪽 지역에선 시민 수님의 구형 로봇 같은 건 이제 찾아보기도 힘들어요."

"루소는 훌륭한 로봇입니다."

수는 확신에 차서 말했다.

"글쎄요. 제가 저 로봇의 정확한 사양은 모르지만, 루소 모델은 교육용인데도 이용자들에게 다소 공격적이라 서비스가 벌써 중단된 모델로 아는데요. 지식기계로서는 나름 경쟁력이 있었지만,"

"루소의 특징을 모르시네요."

수는 여자의 말을 중간에 가로챘다.

"루소는 출시될 때부터 이용자의 거울이 되는 게 목표였습니다. 루소 앞에서 무의식적으로 흘려버린 공격적인 말이나 태도를 수많은 루소들이 그대로 배운 거겠죠. 그게 왜 루소 모델의 탓인가요? 폭력적인 사용자가 문제겠죠."

"시민 수님, 지금 인간을 비난하고 기계를 신성시하는 건가요?"

"인간이니까 나를 먼저 돌아봐야 한다는 의미였습니다."

여자는 탭에다 무언가를 적으며 흐음, 한숨을 쉬었다.

"다시 말씀드리지만, 루소는 단순한 지식기계가 아닙니다. 아무튼 그러니까, 시에서는 야산을 파헤쳐서 격차를 해결하시겠다고요?"

"그렇습니다. 야산에서 범죄도 많이 일어납니다. 숲이 무섭도록 우거져요. 패싸움은 물론 마약까지 오고가니 우범지대가 따로 없죠. 특히 시민 수님처럼 젊은 여성분들도 근처에서 불미스런 사고를 많이 당합니다. 숲은 정말 위험합니다. 숲을 밀어내고 인공호수를 만들고 그 주변으로 산책로와 상가를 조성하면 범죄의 가능성도 사라질 것이고 여성분들도 안전할 것입니다."

"그럼 다람쥐들은요?"

"네? 갑자기 어디에요? 다람쥐가 어디에 나타났다는 거죠?"

여자는 몸을 도사리며 허둥거렸다.

"아뇨, 제 말은, 숲에 사는 다람쥐는 생명이 아니냐고요?"

"정말 생각이 많으시네요."

"이상기후에는 어떻게 대비하시려고요? 비만 왔다 하면 하늘이 뚫린 것처럼 쏟아지는데, 아스팔트와 콘크리트뿐인 이 도시는 어떻게 되라고요? 게다가, 거기서 천막을 치고 텃밭을 일구며 겨우 자급자족하는 극빈층 분들은 어디로 가라고요? 배에 태워 무인도로 또 보내시게요? 아니면 야생 멧돼지가 뛰노는 산 위로 짐짝처럼 또 내다버리시게요? 아무 대책도 없으시잖아요?"

"역시, 시민 수님은 루소 모델의 가르침을 잘 받으셨네요."

"무엇보다, 매일 야산 주변을 산책하는 저는 어떤 위험도 겪은 적이 없는데요."

"물론 자연은 죄가 없죠."

"제 말이 그 말입니다."

"혹시 그거 알고 계신가요?"

"무슨 말씀이시죠?"

"시민 수님의 편향된 시각도 알고보면 루소 모델의 지도 때문일 겁니다."

수는 어이없는 웃음을 터뜨려버렸다. 여자는 웃지 않았다.

"현장에 나가보시긴 했어요?"

"제가 왜 그 위험한 현장까지 나가야 하죠?"

수는 뒷목을 주무르며 깊은 한숨을 내쉬었다.

"제 입으로 이런 말을 직접 하고 싶진 않았는데요, 시장님이 서쪽에 땅을 두둑이 사두셨다는 걸 시민들 모두가 알고 있어요."

"가짜 뉴스에 속으셨네요."

"그럼 진짜 뉴스는 뭐죠?"

"시장님은 낙후되었던 옛 향교 구역을 사비로 구매하여 개발하시는 중입니다. 향교 주변으로 관광객이 슬슬 모여들고 있습니다. 상권이 살아나니, 우리 도시의 땅값도 오르고 있습니다."

수는 운동복 소매를 팔꿈치까지 걷어올리며 여자에게 물었다.

"그 말씀을 하시러 직접 오셨습니까? 그 다음 것도 말씀하셔야죠."

"팩트를 말씀드린 건데요?"

"향교 구역 대부분이 시장님의 열일곱 먹은 자식 명의의 땅이란 말씀은 절대 안 하시네요."

"시민 수님, 상황도 모르면서 야산에 도시텃밭을 조성하자는 시민님의 의견이야말로 뭐랄까, 표현의 자유에 경도된 배설용 발상이 아닐까 싶은데요."

"배설용 발상이요? 말씀이 지나치신 거 아닌가요? 제 의견이 배설물에 지나지 않는다, 이건가요?"

수의 얼굴이 대번에 붉어졌다. 여자는 탭을 다시금 들여다보더니 말을 이었다.

"수 시민님, 조회를 해보니, 지금 이 집도, 생활비도 모두 시의 보조금으로 살고 계시네요."

"네, 구직중이고 자격증도 준비중이에요."

"모든 게 준비중이시네요."

"저도 일을 시작하면 세금을 낼 겁니다."

"그러시겠죠. 그런 분들 많이 봤습니다. 영원히 준비중이죠."

루소가 움직이는 소리가 났다. 어느새 루소는 수 옆까지 다가왔다.

-나가는 문은 뒤편에 있습니다-

"루소, 저리 가 있으라니까."

"세상에, 인간이 말하는데 껴들다니, 보십시오, 얼마나 무례하고 공격적입니까? 오작동으로는 보이지 않는데요."

"죄송합니다."

"어쨌든 수 시민님, 보조금뿐만이 아닙니다. 어떤 네트워크에서도 활동을 안 하시네요. 이렇게 폐쇄적인 분 처음 봅니다. 노동을 하지 못해 수입이 없으니 소비력은 부실하다 쳐도, 자신의 정보는 사회와 기업에 노출해주셔야죠. 취향도 없고 감정도 없으신가요? 자기애도 없으신가요? 24시간을 어떻게 뭐하며 보내시는 거죠? 혼자 은둔하며 도를 닦으시면 사회가 어떻게 돌아가겠습니까."

여자는 더욱 깐깐한 어조로 추궁하듯 말했다.

"그건, 제가 은둔한 게 아니라요,"

"진짜 중요한 사안은 지금부터입니다."

여자는 수의 말을 끊더니 수를 한참 노려보았다. 당황한 수는 손을 내저으며 얼굴을 더욱 붉혔다.

"네? 뭐가 더 중요하다는 말씀이신지?"

"수 시민님은 가임기 여성이지 않습니까."

"나이로는 그렇죠."

"그런데 생산커리어에도 아무 결과물이 없으시네요."

"아 그러니까 그건요, 제가 아직 준비가…"

"생산노동도 영원히 준비중이다, 이 말씀이신가요?"

여자는 비아냥거렸다.

"그건 아닙니다만…"

"시민으로서의 권리만 주장하고 책임은 회피하면서,

에밀의 루소

보조금만 따박따박 받아 가시네요. 계속 이러시면 조사관이 나올 테고, 조사 후엔 경고 조치가 따를 겁니다. 그러다보면 보조금 지급은 더이상 어려울 수도 있습니다."

"……"

"아닙니다!"

—

놀란 수는 뒤를 돌아보았다. 화장실에서 나온 체시메였다. 체시메는 젖은 한쪽 바짓가랑이를 털어내다 말고 다시 소리쳤다.

"아닙니다. 아니고말고요."

그러곤 현관 앞으로 빠르게 돌진해왔다.

"안 그래도 신청하려고 했습니다."

"이 분은 누구시죠?"

직원이 물었다. 입을 열려는 수를 밀치고 체시메가 직원 앞으로 나서더니 막무가내로 떠들기 시작했다.

"수와 저는 보육원 친구입니다. 오늘, 안 그래도 우리는 서로 생산파트너로 협약하기로 생각을 모았거든요. 아 참, 저는 켄싱턴 그룹 계열 애견호텔에서 일하는 동물테라피스트입니다. 모든 동물은 제 손에 오면 평안과 기쁨을 누리죠. 38739-526, 제 직원번호입니다. 켄싱턴으로 들어가 당장 조회해보시죠. 체시메라고 하고요. 제 생산커리어도 저는 개괄공개로 설정해놓았습니다. 지금 당장 확인해보시죠."

수는 체시메의 재킷 자락을 잡아당기며 나 좀 보자, 낮게 속삭였지만 체시메는 수의 손길을 야멸차게 쳐내버렸다. 여자는 체시메의 말이 끝나자마자 탭을 들여다보며 검색에 빠져들었다. 수는 급한 마음에 여자 앞으로 성큼 다가서며 말했다.

"직원 케이님, 아닙니다, 그건 절대 아닙니다. 우린 합의를 본 적이 없습니다."

그러자 체시메가 완력으로 수를 끌어당겨 어깨를 감싸안았다. 하지만 목소리는 작고도 비열하게 수의 왼쪽 귓가를 때렸다.

돌대가리 같으니라고.

ㅡ아닙니다ㅡ

직원이 놀란 얼굴로 탭에서 고개를 번쩍 들었다.

"방금 누가 하신 말씀인가요?"

"접니다. 저는 생산노동에 참여할 의사가 결코 없습니다. 체시메의 말은 거짓입니다."

"잠시 기다려보십시오. 검색중이니까요."

체시메는 수의 팔을 끌어와 자신의 허리를 감싸게 한 후 자신도 수의 허리를 바짝 감싸안았다. 수는 완강한 힘에 속수무책 몸을 빼낼 수가 없었다.

"수는 어려서부터 좀 소심했거든요. 그래서 내가 지금까지도 옆에서 이렇게 도와줍니다."

-아닙니다. 체시메 님은 오늘 십오시 이십일분에 처음 방문하셨습니다-

체시메는 직원을 향해 들으라는 듯 더 크게 소리를 높였다.

"보조금을 받기만 하면 되나요? 받았으면 사회를 위해 자기 몫을 감당해야지요. 그래서 수와 저는 생산에 참여하기로 했습니다."

수는 몸을 빼내려고 비틀었지만 뜻대로 안 되자 이번에는 체시메의 손등을 꼬집고 발등을 밟기도 했다. 하지만 체시메는 더 다정한 척 이죽거렸다.

"뭐가 그렇게 쑥스러워? 나 없으면 이 험한 세상 어떻게 살려고 그래?"

그때 직원이 흡족한 얼굴로 탭에서 눈을 뗐다.

"시민 체시메님은 조회 결과 모두 안정적이고 결격사유가 없으시네요. 시민 수님은 여러 가지로 부족한 상황이지만, 두 분이 합의가 되셨다면 저희로서는 막을 이유가 없습니다. 오늘 방문하기를 잘했네요."

-아닙니다!-

루소가 소리치자 체시메가 바로 내뱉었다.

"저 고물."

수는 드디어 체시메로부터 몸을 빼냈다. 그러곤 여자에게 달려들듯 다가가 팔을 잡고 말했다.

"직원 케이님, 보조금을 끊으십시오. 저는 상관없습니다. 생산은 결코 생각해본 적도 없으니까요. 당사자는 둘인데 한쪽 말만 듣고 판단하시면 안 됩니다."

"그럼, 아직 합의가 안 됐다는 말씀이신가요?"

체시메가 수의 손목을 낚아챘다. 그러고는 서두르는 태도로 말을 이어갔다.

"수는 부끄러움이 많다니까요. 초산은 원래 겁이 나고 꺼려진다면서요."

"그렇죠. 쉬운 일은 아니죠."

"역시, 직원 케이님처럼 경험이 많고 노련하신 분이 시를 위해 일하시니 걱정이 없습니다."

수는 체시메의 손길을 세차게 뿌리치며 소리쳤다.

"체시메, 너 입 닥쳐. 직원 케이님, 제 말 못 들으셨어요? 생산노동에 참여 안 하겠다고 분명히 말씀드렸잖아요. 다들 이제 나가세요."

-나가는 문은 이쪽입니다-

루소가 말했다.

"근데, 아까부터 보아하니, 저 로봇은 인간들 대화에 자꾸 껴드네요."

"아유, 말도 마십시오. 커피 하나를 제대로 못 내리고, 탁자를 한번에 피해가지를 못합니다. 스카프는 또 뭔지, 완전 찌리죠."

"체시메, 넌 정말 다른 사람이 됐구나."

-나는 못 참는다-

루소가 그 특유의 둔탁한 모터 소리를 내며 거실을 휘휘 돌기 시작했다. 그러다 소파에 부딪히고는 경고음이 세 번 울리는 동안 루소의 화면에 붉은색 점들도 강렬하게 난무하기 시작했다. 루소는 멈추지 않고 움직이다 탁자에 연거푸 부딪혔다.

"루소, 너까지 왜 이래?"

수의 목소리가 떨렸다.

"위치인식도 엉망이고, 상황인식도 못하는 로봇을 왜 데리고 있죠? 이 정도 근거리를 제어 못하면 그게 로봇인가요? 아무리 지식기계라도 그렇지, 기본에도 못 미칩니다."

여자는 사무적인 투로 말했다.

-나의 에밀……-

"보셨죠, 제가 뭐랬습니까? 심지어 주인의 이름도 모르지 않습니까?"

수는 체시메를 노려보며 말했다.

"나는 루소의 주인이 아니야. 루소도 나의 종이 아니고."

"폐기처분하시죠. 제가 온 김에 그것도 처리해드리겠습니다."

"폐기처분이라뇨. 루소는 나의 거울이라고요."

수는 절망적으로 절규했다.

"직원 케이님 정말 친절하시네요. 그럼, 비용도 좀 잘해주십쇼."

"젊은 분들께 그 정도야 해드릴 수 있죠. 루소 모델의 부작용은 이미 수차례 보고된 바 있습니다. 루소 모델은 차별을 당연시하고, 과학문명을 악마화하고 자연만 숭배하며, 풍요를 탐욕이라고 비난했죠. 그래서 루소 시리즈는 이젠 존재하지도 않는데, 아직까지 사용하다니, 정말 신기한 일입니다."

–에밀, 미안하다……–

루소는 뱅글뱅글 돌며 말했다.

"수가 옛날부터 좀 맹했어요."

–체시메, 넌 내 사과를 받을 자격도 없는 인간이다–

수는 자신의 두 뺨을 치면서 심호흡을 했다. 몸속의 뭔가가 터질 듯 끓어올랐다. 무엇보다 루소의 발작에 수는 숨조차 제대로 쉬기 힘들었다. 정말 처음 보는 모습이었다.

"자자, 모두 진정하시고 제 말을 똑똑히 들으세요. 루소와 나에게는 아무 문제 없습니다. 제 인생이고 제 로봇이에요. 그러니 결정은 제가 합니다. 보조금도 생산도 다 필요없습니다. 그러니 두 분 모두 당장 나가주세요."

"이 집엔 보조금만 받아먹는 시민과 오작동만 하는 로봇이 있군요."

"둘 다 완전 맛이 갔다니까요."

"다들 꺼지라고!"

수는 감정이 격해서 소리쳤다. 체시메는 위로하는 척 다가오더니 수의 두 팔을 덥석 잡아챘다. 그러더니 돈이 필요하다니까, 하면서 낮게 으르렁거렸다. 그러곤 직원을 향해서 밝게 웃으며 말을 이었다.

"당장에라도 검진 받아보겠답니다."

-개빡쳐, 쌍-

"맙소사, 이 로봇, 이건 정말 어떻게 보고해야 할지."

여자는 처음으로 감정을 드러냈다.

"아, 직원님, 화면을 보니 촬영중이네요. 이 난장판에 고물의 목소리도 나올 테니까 폐기처분의 증거자료는 확실합니다. 보고서 작성에 아무 문제 없겠는데요."

체시메가 상황을 정리하듯 설명했다.

루소는 미친 듯 실내를 계속 팽글팽글 돌았다. 체시메와 직원 케이는 루소가 다가오면 과장되게 몸을 피했지만 루소는 집요하게 두 사람을 향해 달려들었다. 꽃잎은 얼룩졌고 루소의 화면 속 붉은 점들은 더욱 왕성하게 증식을 반복했다.

"인간을 공격하는 로봇이라니!"

직원 케이는 두 팔을 휘저으며 소리쳤다. 그 와중에 수는 직원 케이와 체시메 팔을 붙잡아 현관 쪽으로 밀어댔지만 두 사람을 감당하기엔 역부족이었다. 특히 체시메는 수에게 잡혀주는 척하더니 기습적으로 수를 뒤에서 껴안으며 지껄였다.

"수는 보육원 시절에도 이렇게 정이 많았어요. 빵구 난 양말도 한동안 간직하다 버렸다니까요. 자기가 갖고 놀던 나뭇가지를 숙소까지 데리고 들어와 옆에서 재웠다니까요."

수는 체시메의 완력에 꼼짝 없이 포위되었다. 저항하며 몸을 비틀던 수의 몸은 지친 듯 축 늘어졌다.

"그건 네 얘기지…"

수가 중얼거리자 체시메는 수의 귓가에 대고 이를 악문 채 가만있지 못해, 하며 뇌까렸다.

"네 손에 걸려든 동물들이 불쌍하다, 체시메…"

그때 직원이 탭을 흔들며 소리쳤다.

"아, 모델 번호 드디어 조회됐습니다. 구형 모델 가운데서도 후속 모델로 이어진 로봇이 꽤 많은데, 루소는 끝 번호가 1이었네요. 나오자마자 단종 됐으니 그랬겠네요. 어쨌든 개발사 폐기처리 기술자들이 빠른 시간 안에 연락하고 방문하겠답니다."

"녹화된 영상을 구해 네트워크에 올리면 세상이 뒤집
어지겠는데요!"

수는 메스꺼워서 헛구역질을 시작했다. 바닥에 장착된
메탈 탁자도 긁히는 소리와 함께 불쑥 솟아올랐다. 루소
는 저돌적으로 회전하다 방향을 잃은 듯 전속력으로 탁
자를 향해 돌진했다. 쾅쾅 부딪히며 튕겨나가는 순간 티
테이블과 소파가 균형을 잃은 채 소파부터 기우뚱 가라
앉았다. 이어 소파를 향해 돌진하던 루소는 덜커덩 하며
소파와 함께 밑으로 사라져버렸다.

"근데 시민 수님, 왜 이러세요? 괜찮으세요?"

직원이 다가와 수의 얼굴을 살폈다. 그 순간 수는 늘어
진 채 있는 힘을 다해 소리쳤다.

"놔, 놓으라고. 다들 꺼져."

수의 날카로운 소리에 체시메는 수를 풀어주었다. 수는
루소가 사라진 쪽을 향해 겨우겨우 한걸음씩 움직였다.

경고음이 길고도 날카롭게 울리는 순간, 소파가 기우
뚱하게 거실 위로 다시 솟아올랐다. 루소는 정면을 향한
채 소파 위에 쓰러져 있었다. 그 순간 루소의 입모양 매
입등에 빨간불이 들어왔다. 마치 루소가 피를 토하는 듯
한 형상이라 다가가던 수는 너무 놀라 그 자리에 주저앉
고 말았다.

"루소…"

수의 말이 끝나자마자 붉은 점이 명멸하던 루소의 화면마저 갑자기 흐려졌다. 루소의 경고음은 이제 단절된 채 무질서하게 실내를 울렸다. 이어, 서너 번의 균열이 일더니 날카롭게 째지는 경고음과 함께 루소의 화면은 완전히 꺼져버렸다. 실내는 갑자기 조용해졌다.

"일어나, 루소."

그러나 루소는 아무 대답이 없었다. 그때 차임벨 소리와 함께, 스팀소독 시작합니다, 스팀소독 시작합니다, 기계음이 울리더니 빈 스팀관 안에 스팀이 마구 쏟아지기 시작했다.

"이놈의 집구석, 사람이나 기계나 다 오작동하는 것뿐이죠."

"시민 수님을 위해 뭐부터 개선해야 할지, 정말 문제가 많은 집입니다."

수는 루소의 얼굴을 쓰다듬으며 흐느꼈다.

"나야… 너의 첫 제자 에밀, 제발 눈을 떠 루소…"

숭의동

새벽기차를 타고 집에 도착했다. 엄마와 나는 짐을 현
관에 내려놓자마자 물을 한잔씩 마셨다. 씻으려는데 엄
마가 나를 불러 세웠다. 그러더니 소파 옆에 버젓이 놓여
있는 빨간 자전거를 가리켰다. 엄마는 손전등을 챙겼다.

"나가자."

"지금요?"

나는 저 자전거를 어찌해야 좋을지 알 수 없어 일년을
넘게 소파 옆에 모셔두기만 했다. 엄마가 준 생일선물인
데 밖에 내놓기는 싫었다. 그렇다고 탈 수도 없었다. 정확
히 말하자면 나는 자전거 탈 줄을 몰랐다.

일단 군말없이 자전거를 끌고 따라나섰다. 우리는 동네 초등학교 운동장으로 갔다. 희뿌연 어둠 속에서 혹독한 새벽산행을 시작하는 심정으로 자전거에 올라탔다.

시작.

그 새벽에 나는 마흔이 넘어 엄마에게 자전거 타는 법을 배웠다. 기우뚱거리는 딸을 엄마가 옳지 옳지, 하면서 잡아주었다. 넘어지면서 슬슬 균형을 잡기 시작했다. 뭘 해보려다가 오히려 균형을 잃는 것 같아서 아무것도 안 해보았다. 그랬더니 어느새 나는 제법 자전거를 타고 있었다. 몇 번의 시행착오 끝에 핸들을 꺾으며 방향을 틀자 어디선가 개가 다 짖었다. 처음 맛보는 이상한 속도감이었다. 엄마가 환호성을 질렀다. 나는 부끄러워 크게 웃을 수조차 없었다. 자전거를 잘 타고 싶었다. 내가 원하는 게 무엇인지도 모르면서 자신감을 되찾아야 한다고 날마다 다짐하던 나날이었다.

잘한다, 소리 지르며 엄마는 나를 향해 손전등을 비춰주었다. 손등으로, 목덜미로, 둥근 바퀴의 가는 살 속으로 간지러운 불빛이 전해졌다. 너무 잘한다, 자전거를 타듯 앞으로도 이렇게 중심을 잡고 살 거라고 속도감을 두고 맹세했다.

손전등을 비추며 소녀처럼 환호성을 지르는 엄마, 세월 따위를 무서워하지 않는 예순다섯의 여자, 다정다감

한 사람의 따뜻한 목소리. 우리 딸 정말 잘한다, 나는 엄마를 가운데 두고 여유 있게 빙빙 돌았다.

나를 따라오세요 엄마…

그러나 엄마는 나를 따라오지 않았다.

누구를 따라가고 싶진 않아, 엄마는 아주 당당했다. 하지만 철없는 나는 엄마 등 뒤에서 엄마가 불쌍하다고 생각했다. 그늘진 과거로부터 이어진 현재가 무기력한 채 미래로 흘러간다고 맘대로 판단했다.

난, 사람들과 다르게 살고 싶어.

지당하신 말씀. 내 몸은 중심을 잃고 오른쪽으로 기우뚱했다. 얼굴빛부터 달라지는 엄마를 향해 별일 아니라는 듯 웃어 보였다. 입고 있던 얇은 바람막이 잠바를 벗어 땀을 닦는 척 슬쩍 눈물을 닦았다. 그러고는 잠바를 엄마에게 획 던졌다. 엄마는 보물을 떠안듯 내 옷을 팔과 가슴 전체로 받아들었다.

엄마, 이래봬도 내가 마흔넷이에요.

그러나 나는 그 나이에도 버릇처럼 모든 책임을 엄마에게 떠넘겼다. 그러면서 엄마에게는 어떤 권리도 허락하지 않았다. 태초부터 철없는 딸은 결국엔 자신의 서러움과 분노, 상처 받은 자존심 때문에 운다. 누가 바보처럼 참기만 하랬나, 누가 믿지며 살래? 수치를 주고 공격을 일삼아온 나는 쉽게 말했다.

그럴 때마다 엄마는 숭의동으로 떠났다. 서쪽 도시의 어느 달동네, 사람들이 전도관 마을이라 부르는 동네 언덕 위에서 우리는 서로의 코피를 닦아주었다. 언덕은 얼마나 다정한가. 변두리의 계단은 얼마나 낭만적인가. 언덕길을 따라 비탈지게 세워진 집들은 얼마나 끈질기게 가난한가. 허공엔 먼 곳의 불빛뿐이었다. 불빛은 낭만을 약속해주었고 낭만은 삶을 유예시켜주었다.

엄마는 곧 바다를 구경시켜주겠다고 약속했다. 나는 아, 하며 감탄했다. 엄마의 말을 철석같이 믿었다.

"바다는 물이죠?"

"그렇지."

"바다는 끝이에요?"

"아니, 끝은 없어."

"파도가 바다예요?"

"파도는 물결이야. 거대한 물의 움직임."

"우린 배를 타요?"

"아주 큰 배를 탈 거야."

"거기선 코피가 안 나요?"

엄마와 나는 전봇대 밑에 털썩 주저앉았다. 엄마는 주머니를 뒤지더니 사탕 한 개를 꺼내 입에 넣어주었다. 사탕에선 달콤한 딸기향이 났지만 서걱거리는 먼지가 혀끝을 괴롭혔다. 그래도 나는 황홀한 단맛을 음미하며 사탕을 침으로 녹여 먼지와 함께 삼켜버렸다.

어린아이에겐 눈이 갑자기 간지럽거나, 참을 수 없이 오줌이 마렵거나, 주머니에 넣은 손을 절대 빼지 않은 상태로 영원히 굳어버리고 싶은 순간이 있다. 절망이란 낱말의 뜻도 모르면서 여기가 아닌 다른 어디로 악착스럽게 피하고 싶은 때가 있는 것이다. 그러나 고집을 부려봤자 결론은 분명했다. 가파른 골목길에서 자전거를 배울 수는 없었다.

저 간절한 바퀴가 구를 수 없다면 내일의 받아쓰기 시험도 장담할 수 없었다. 그러니까 받아쓰기는 평탄한 길에서만 가능했다.

김치볶음밥을 왜 접시에 담아 먹어야 해요? 숟가락으로 프라이팬을 긁으면 왜 안 돼요? 나는 아무것도 고치고 싶지 않았다. 왜 받아써야 해요?

"저 아래 큰길 보이지?"

엄마는 손을 뻗었다. 나는 전봇대에 붙은 반짝거리는 치킨 광고스티커에서 눈을 뗄 수 없었다. 치킨은 비현실적일 만큼 맛있어 보였다.

"저기 길 건너에 사범학교가 있었어."

얽히고설킨 공중의 전선들 사이로 엄마는 누군가를 부르듯 아련히 손짓했다.

사범학교는 섬이었다. 사범학교는 가닿을 수 없는 신

기루였다. 엄마는 고독하게 그 주위를 맴돌았다. 엄마의 머리맡에서 낯선 약을 발견하기 전까지 나는 엄마의 고독한 질주를 방관했다.

여행 마지막 밤, 엄마는 스무살 내내 꿨다던 꿈 이야기를 들려주었다. 민박집 주인 내외의 코고는 소리가 문간방까지 들려왔다. 마치 풀벌레가 우는 것처럼 그들은 서늘하고도 평화롭게 코를 골았다.

"날마다 나는 꿈속에서 결혼을 해. 그런데 결혼을 앞둔 신부인 내 곁에는 아무도 없어. 나는 늘 허둥대며 꿈의 한자락 끝을 헤매지. 더군다나 나의 신랑은 얼굴도 모르는 낯선 이야. 나는 저 사람을 몰라요, 나는 저 낯선 남자를 사랑하지 않아요, 꿈속에서도 무서워서 소리쳤어. 얼굴도 모르는 이와 이렇게 불행하게 결혼하는구나, 살이 부러진 머리빗으로 머리를 빗었어. 금이 간 손거울 속 내 얼굴은 창백했지. 막 울었어. 그때 그녀가 찾아왔어. 누구냐고? 글쎄, 그녀는… 우리 엄마 같기도 했고 어릴 적 돌아가신 할머니 같기도 했고 어디선가 봤던 그냥 할머니 같기도 했어. 그녀는 늘 큰 가방을 메고 나타났어."

주인 부부는 우리에게 보란 듯 잠을 누렸다. 규칙적으로 코고는 소리가 그들의 고단한 하루를 증명해주었다. 그러나 불면증 모녀는 대화를 그칠 줄 몰랐다.

"나는 그녀를 붙들고 애원했어. 저기… 나는 얼굴도

숭의동

모르는 사람과 결혼해야 해요… 그런데, 쉿, 조용. 그녀
가 이번에는 작은 꾸러미에서 립스틱을 꺼내들고 내게
한 발짝 더 다가왔어. 그녀가 자신의 가냘픈 새끼손가락
에 립스틱을 묻히더니 내 아랫입술에 손가락을 얹으면
서 쉿… 립스틱을 발라주었지. 나는 눈을 감았어. 이유도
모른 채 나는 그녀에게 홀딱 반한 거야. 이렇게 아름다운
신부는 처음 본다고 그녀도 내게 속삭였어."

"아름다울 필요 있어요…?"

"행복한 신부가 아니더라도 아름답고 싶지 않겠니?"

"모르는 사람과 결혼하는데도요?"

"그래도 나는 진짜 행복한 신부처럼 웃었어. 그녀는 새
끼손가락으로 내 입술을 톡톡 두드리며 울지 말라고, 너
는 영원히 젊을 거라고 말했지. 내 심장박동을 따라 그녀
는 콧노래도 흥얼거렸어. 그녀의 노래는 정말 아름다웠
어. 그녀 자체가 노래인 것처럼. 나는 물었어, 이제 눈을
떠도 되나요, 나는 그녀가 보고 싶었어. 그런데 그녀의 노
랫소리가 점점 사라져갔어. 그녀가 짐을 꾸리는 소리가
났지. 붉은 내 입술은 다시 일그러졌어. 가지 마세요, 당
신은…"

엄마는 붙잡을 수 없는 그녀를 따라갔다. 그녀는 엄마
를 놓아주지 않았다. 나도 자전거를 집어타고 엄마를 따
라갔다. 엄마를 놓칠 수 없었다. 홈플러스, 멕시카나치킨,

세븐일레븐, 김밥천국, 온누리약국, 고향떡집을 돌고 돌
며 엄마를 찾았다. 엄마는 숨지 않았지만 나를 기다리지
도 않았다. 엄마는 꿈꾸듯 립스틱을 바른 후 립스틱을 큰
가방에 다시 넣었다. 기다려요 엄마, 나는 자전거를 타고
숭의동 언덕을 밤마다 오르내렸다.

자, 가방은 이제 네 것이야. 열심히 공부하렴.

가방 지퍼를 열었다. 엄마 머리맡에서 본 작은 약상자
가 떠올랐다. 흔히 볼 수 있는 두통약이나 소화제는 아니
었다. 나는 기억해두었던 약 이름을 검색창에 적었다. 그
짧은 단어를 치는데 몇 번을 지웠다 다시 썼다.

엄마에게 당장 전화를 걸었다. 엄마는 우리 오박사, 하
며 전화를 받았다. 말이 쉽게 나오지 않아 내 머리통을
자꾸만 내리쳤다. 왜 말 안 했어요… 나는 금세 본색을
드러냈다. 따져 묻고 악을 쓰는 딸로 대번에 돌아왔다. 이
런 약이 얼마나 무서운 건지 아세요? 약물 중독의 끔찍
한 부작용에 대해 알고나 계시냐고요? 이건 큰 수술을 받
은 환자나 암환자들이 먹는 진통제라고, 그냥 진통제가
아니라 마약류 진통제라고… 어른이 되어서도 남의 말을
듣기 싫어하는 나는 일관되게 소리쳤다.

"엄마, 내 말 들어봐요, 이런 약 어디서 구했어요?"

"걱정 마."

"잠이 안 오면 수면제를 처방받아야죠. 처방전도 없이

소지했다간 마약사범으로 걸린다고요."

"난 마약사범이 아니야."

엄마는 어린 신부도 아니고, 사범학교 학생도 아니고, 마약사범도 아니다.

그렇다면.

그토록 원하던 자전거를 마흔 넘어 선물로 받은 나는 다 그만두고 싶었다. 이깟 자전거. 제일 듣기 싫은 말은 시간이 없다는 말이었다. 도대체 시간은 누가 다 가지고 있는 걸까. 엄마 몸에 나타났던 비밀의 전조를 나는 뒤늦게야 되새겨보았다. 옆구리에 띠를 두른 듯 이어지던 물집들, 잊을 만하면 다시 나타나는 그 망할 놈의 대상포진. 아니다. 엄마 몸을 지켜야 할 면역세포가 멀쩡한 세포를 공격하며 류머티즘을 일으켰던 십년 전 가을부터. 아니다. 도대체 음식을 넘기지 못하겠다던 그 무덥던 여름부터. 아니다. 받아쓰기를 빵점 받은 딸의 존재 자체가 근본 원인일지도. 아니면 코뼈가 부러졌던 숭의동에서의 어느 밤부터.

병상 위로도 크리스마스는 찾아왔다. 가수는 부드럽게 노래했다. 가수의 목소리는 귓가를 녹여낼 듯 간지러웠다. 당신이 돌아온다 말했던 크리스마스, 당신도 그날 밤의 눈을 기억하나요, 당신이 머무는 하늘에도 거룩한 별이 떴나요…

노래는 지극히 현실적인 상상을 벗어나지 못했지만 마법처럼 끝났다. 이 지겨운 사랑 노래. 엄마의 입술은 여전히 붉게 빛났다. 질병은 마치 무대 뒤의 난장판 한순간처럼 근육의 긴장을 헐겁게 하고 뇌회로와 신경세포들 사이의 소통과 변이에 대교란을 일으키며 엄마를 장악했다. 병든 세포들은 무시무시한 존재감을 발휘하며 돌진해왔다. 무대로 오르기 위한 돌연변이 세포들의 난투극으로 엄마의 몸뚱어리는 아수라장이 되었다. 노래는 조용히 끝났다. 음악은 힌트에 불과했고 통증과 무기력의 험난한 파동도 우연인 듯 어느 순간엔 감쪽같이 사라졌다. 나는 내 '몸'이라는 안전한 성루에서 엄마 몸의 고통을 관망했다. 내가 남발했던 허황된 자기연민의 죗값을 엄마가 대신 치르는 것만 같았다.

"당장 죽으란 법은 없구나…"

"이래서 크리스마스가 싫어요."

"그러지 말고 저 노랠 들어봐. 저렇게 달콤하게 노래하며 크리스마스, 하얀 눈, 그리움 어쩌구 하면 그게 다 진짜처럼 느껴지지 않니, 보통 사람이라면 모든 걸 잊고 들떠서 정신을 못 차릴 만하지 않니?… 지금껏 내가 그랬던 것처럼 말이야."

그러나 정신을 차리면 언제나 벼랑 끝이었다. 우리는 끝내 숭의동을 떠났지만 약에 취한 엄마의 꿈에선 언제나 종소리가 들렸다. 나는 받아쓰기를 열심히 연습했고, 엄마는 사범학교에 입학했다. 엄마는 열심히 공부했고 엄마의 코뼈는 영원히 안전했으며 우리의 보금자리엔 치킨이 넘쳐났다. 애초에 대상포진이나 류머티즘 따위는 엄마 몸에 접근조차 할 수 없었다. 엄마는 한번도 초라한 적이 없었고, 결코 절망하지도 않았다. 이 얼마나 고마운 마약인가.

"엄마가 서둘러 여행을 떠나자 할 때도, 진짜 아무것도 몰랐어요…"

"살다보면 누구나 감기에 걸리는 것처럼…"

"감기 타령은 그만하세요."

"저 내외의 코고는 소리는 뱃고동 소리 같지 않니?"

"아뇨, 내 귀엔 풀벌레 소리 같아요."

새벽녘 겨우 잠든 두 모녀 귀에 어디선가 종소리가 들려왔다. 은은하면서도 저항할 수 없이 포위해오는 종소리는 아마 근처 작은 예배당의 새벽기도를 알리는 소리 같았다. 아니면 엄마 꿈에서 이어져 나온 어린 신부의 흐느낌이었을지도.

종소리의 여운을 따라가다 희미하게 다시 잠이 들었을 때, 읍내 컴퓨터학원에 가야 한다는 민박집 주인 딸이 자기 교재가 손님방에 있다며 성큼 들어왔다. 엄마와 나는 눈을 떴다. 그런데 급기야 동네 누군가는 민박집 마당에

와 서서는 손님이 아직도 자네, 해가 중천에 떴네, 하면서 모기장 너머로 우리를 힐끔거렸다. 엄마와 나는 이불을 뒤집어썼다. 엄마는 살짝 인상을 썼다.

"좋은 아침."

"엄마도 들었어요?"

"마당에 있는 아줌마?"

"아니요."

"이집 딸내미?"

"아니요."

"그럼, 교회 종소리?"

"아, 꿈이 아니었구나."

"아름다웠지?"

"완벽했어요."

어금니 두 개가 보름 사이에 손쉽게 빠져버렸다. 무엇을 먹은 기억도, 화장실에 간 기억도, 잠을 잔 기억도 없었다. 다만 어딘가로 자꾸 전화를 걸었던 기억만 떠올랐다. 절망과 분노로 정신줄을 놓아버린 나는 더이상 둘러댈 수가 없었다. 거짓말도 통하지 않았다. 나는 멀쩡하지 않았고 계획도 없었으며 수치심 같은 건 벌써 잊은 후였다. 박사 수료에 머문 나에겐 선택지가 없었다. 엄마에겐 자랑스런 박사님이었지만 무슨 일이든 시작만 했지 끝까지 마무리하지 못한 채 질질 끌며 여기까지 왔다. 게다가 엄마가 자신의 코뼈를 부러뜨린 남자를 변함없이 사랑한다 말했던 것처럼, 나도 8년을 살았던 남자와 헤어지면서도 그 남자를 사랑한다고 말했다. 신물나는 사랑이었다.

나는 내 몸에서 나온 토사물의 악취와 함께 엄마를 맞이했다. 엄마는 흩어진 땅콩껍질과 과자 부스러기, 눈물 콧물을 닦아낸 휴지쪼가리, 먼지와 한몸을 이룬 머리카락과 넘어진 소주병, 휴대전화 등을 한곳으로 얌전히 밀어냈다. 엄마의 얼굴은 고요했다.

종소리는 아름다웠다. 이런 게 신의 콜링인지 아니면 불면증 환자의 환청인지, 12시간마다 마약성 진통제를 복용해야 하는 암환자의 섬망인지 나는 알지 못했다. 그건 일종의 충동이었다, 또한 한없는 동경이었다. 아니 피해의식이자 책임회피였다. 이렇게 보잘것없었지만 완전해지고 싶었다. 그러니까 일종의 헛수작이었다. 부끄러웠다.

"넌 박사님이잖니."

역시, 종소리가 들리는 한 엄마와 나는 아주 불행하지 않았다.

많이 배운 박사딸은 일어설 기운이 없어 벌벌 기어 욕실로 향했다. 기어가면서 이를 악물었다. 당신들이야? 당신들이 교복 입고 으스대면서 엄마 가슴에 비수를 꽂았어? 내 인생도 엄마 인생도 다 뒤집어엎고 싶었다.

푹 자도 돼요, 아무리 말해도 엄마는 중얼거렸다.

배다리시장에서 좋은 자리를 맡아야 하거든.

왜요?

내가 이 근방에서 인물이 제일 훤하잖아.

엄마는 가죽만 남은 얼굴로 웃었다.

"날마다 한 남자가 조개를 사러 왔어. 수많은 다라이 중 늘 내 다라이 앞에 멈춰섰지. 집에 갈 땐 숭의동까지 같이 걸어가면서 다라이를 들어줬어. 근데 사범학교를 지나 언덕길로 오르는데 어쩐지 내가 한없이 초라한 느낌이 들었어."

당신들이야? 당신들이 가방 들고 영어 단어 외우며 보란 듯 뽐내며 지나갔어?

소리 내 울지 않으려고 이를 악물었다. 엄마가 말한 거대한 물의 움직임을 떠올리며 두 눈을 감았다. 그렇지만 바다의 이미지가 떠오르지 않았다. 이마가 터질 것처럼 부풀어 올랐다. 나야말로 두렵고 초라해서, 억울하고 무기력해서, 그런 내가 창피하고 혐오스러워서 눈두덩이와 콧등이 활활 타오르는 느낌이었다. 여전했다. 눈물을 참으면 늘 코피가 터져나왔다.

"넌 공부를 많이 했잖니."

네, 이래봬도 제가 박사님이에요…

숭의동으로 와.

숭의동은 싫어요.

어서 가방 메고.

왜 아프다고 내게 말하지 않았냐고요!

종소리가 끊겼다.

코뼈가 부러진 후 보름여 지나 엄마는 반백의 모습으로 짐을 쌌다. 엄마는 하루아침에 할머니처럼 늙어버렸다. 숭의동에서의 마지막 모습이었다.

몸을 씻고, 청소를 하고, 환기를 시키고, 밥을 안쳤다. 나는 이미 알고 있었다. 내 머리카락도 반백이 되어 있었다. 이빨은 빠지고 머리는 허옇게 센 노인네가 힘이 빠진 무릎으로 거실을 어기적거리고 있었다.

그후로 나도 같은 꿈을 여러 날 꾸었다.

내 앞에 아주 큰 가방이 있다. 나는 늘 짐을 싼다. 낯선 도시 낯선 거리로 떠날 채비에 매우 분주하다. 꿈속에서도 정말 꿈같아, 라고 속삭인다. 립스틱은 바르지 않는다. 나는 늙었다. 주름이 자글자글하다. 드디어 공항에 도착한다. 검색대 앞으로 다가간다. 그런데 여권이 사라졌다. 떠날 수 없다. 나는 거부당한다…

전화벨이 울렸다. 나는 잠에서 깼다.

물론 나는 그의 목소리를 잊지 않았다. 엄마의 영원한 어린 신랑, 함께 다라이를 들어주던 오군, 고향 떠난 설움을 함께 나누던 친절한 단골총각. 나와 함께 머리를 맞대고 만화책을 보던, 또한 함께 프라이팬을 긁어대며 볶음밥을 먹던, 어린 딸에게 빨간 자전거를 사준다는 공갈약속을 남발하던, 큰돈을 벌겠다고 허세만 부리던, 육두문자를 내뱉으며 야구나 축구 경기를 시청하던… 허술한 아빠. 자존감이 없어서 수치심도 모르고, 덕분에 타인에게 반복적으로 폭력을 행한 다음 날 무릎 꿇고 사죄한다고 눈물을 흘리던 다혈질의 남자, 모욕과 상처를 되돌려받으면서도 반성도 없고 스스로를 부끄러워하지도 않던 헤픈 보호자.

그가 엄마의 이름을 불렀다. 엄마는 고군분투 중이었다. 몸의 흐트러진 질서를 되찾기 위해 엄마는 빨대로 물 한모금을 마시는 일에도 온 에너지를 쏟았다. 그 덕분에 엄마는 아무것도 기억하지 못할 때가 많았다. 결국 우리 세 식구는 함께 바다를 보지 못했다. 그러니 나에겐 숭의동으로 돌아갈 이유가 없었다.

"너는 지금 몇이나 됐니? 정신도 없지, 자식 나이가 헷갈린다."

그가 얼마나 조심스럽게 물었는지 모른다. 그의 조심성이 의심스럽지 않은 건 처음이었다.

"새해가 되면 마흔 다섯이요."

"으른이네."

그는 곧 반복했다.

"증말 으른이야."

아마도 오군이라고 불리던 시절 잘려나간 엄지손가락이 그의 불행의 시작일지도 몰랐다. 그는 엄지손가락을 늘 그리워했고 팔다리가 겪어야 했던 분주함과 땀방울은 물론 그때의 억울함과 부당함, 수치와 공포, 추위와 배고픔을 곱씹으며 이것을 어떻게 하면 잊을 수 있을까 고민하다 결론내렸을 것이다. 가족이 있어야 한다고. 오군은 곧 큰 집과 큰 트럭을 장만할 거라고 허풍을 떨며 배다리시장의 조개장수 처녀에게 접근했다. 하지만 처녀는 그의 거짓말을 알고 있었다. 또한 처녀는 오군이 (사람들 앞에선 아닌 척했지만) 제대로 읽고 쓸 줄을 모른다는 사실도 벌써부터 알고 있었다. 오군에게 읽고 쓰는 법을 가르쳐주지 않은 세상은 개떡 같다. 말과 글로 훈련되지 않은 오군으로선 부당함과 억울함을 해석할 수조차 없었을 것이다. 세상은 오군을 바보천치 취급했다. 이것이 불행한 삶인지 아닌지조차 인식할 수 없을 정도로 세상은 오군을 부려먹었다. 아니 오군은 그 어떤 풍요도 맛보지 못했기 때문에 그 누구에게 호소하거나 도움을 청할 필요도 느끼지 못했다. 이것은 운명이었고, 젠장 운이 없을 뿐이었으며, 찢어질 만큼 가난한 집에 태어났기 때문이라고, 남들도 다 그렇게 산다고, 세상은 오군을 세뇌시켰다.

"우리 오박사…"

시골집에서 굶어죽느니 도시에서 빌어먹다 죽겠다고 상경한 열여섯 까막눈 실천가 오군은 가족을 잃고 외로운 늙은이가 되었다. 오군은 어린아이로서의 보살핌과 사랑도 받지 못한 채 한번에 늙은이로 성장한 후 딸에게 전화를 했다.

"빨간 자전거는 이제 필요웁겠구나…"

오군은 들릴 듯 말 듯 미안허다…라고 중얼거렸다.

그의 말은 진심이었을까. 진심일 것 같았다. 내 귀엔 그렇게 들렸다. 나는 내가 한심스러웠다. '미안허다'는 그의 한마디에 마음이 완전히 녹아내렸다. 나는 모자란 인간이었다. 물론 그를 결코 신뢰하지 않았다. 그는 술로 인생을 허비했고, 술을 마신 날에는 어김없이 난폭했으며, 덕분에 엄마와 나는 숭의동 골목을 내달려 몸을 피하지 않으면 곧 죽을 것 같은 공포를 밤마다 참아내야 했다. 그는 인간 말종이었으며 미친개였으며 만성적으로 가정폭력을 휘두른 죄질이 나쁜 범죄자였다. 하지만 나는 그가 그리웠다. 그런 일이 불가능하지 않았다. 숭의동을 떠나던 날, 그의 사라진 엄지손가락 자리에 내 뺨을 부비며 나는 한참을 울었다. 그는 영원한 오군이었다. 어딘가에 엄지손가락을 빼앗긴 가난한 오군이었다.

전화를 끊으며 나는 사람들이 마흔이란 나이를 왜 무서워하는지 비로소 깨달았다.

네네, 다 지난 일이죠.

오군은 아무 말이 없었다. 나는 오군과 함께 웃으며 통화를 마치고 싶었다. 건강하세요, 너와 네 엄마도 모두 건강…

다시 전화벨이 울렸다.

"여브세요…"

그는 아무 일 없었다는 듯 그만의 말투로 전화했다.

"왜?"

나도 아무 일 없었다는 듯 전화를 받았다. 전화를 건 사람은 한동안 아무 말도 하지 않았다.

"저기, 여브세요?"

황홀함과 설렘, 초라함과 분노를 동시에 안겨준 내 지겨운 사랑의 목소리.

"메리 크리스마스…"

지금 보니 그는 아주 비위가 좋은 사람이었다. 물론 나는 겨울인지, 크리스마스인지도 자주 헷갈렸다. 누구를 원망하진 않았다. 그래도 누구에게 아쉬운 소리를 해야 한다면 비위가 좋은 사람 아닌 다른 사람은 떠오르지 않았다.

"구주 나셨네."

"나 지금 칼 들고 배 깎고 있는데?"

그는 괜히 한참을 웃었다.

"에밀 아자르가 좋냐?"

"작작 웃겨라…"

"아직도 그런 투로 말하는구나…"

우리는 서로에게 위험한^{Hazard} 존재였다. 인정할 때가 되었다.

"괜히 말이야 내가, 에밀 아자르를 검색했어."

그가 사랑한 축구 선수 에당 아자르$^{Eden\ Hazard}$와 내가 사랑한 소설가 에밀 아자르$^{Emile\ Hazard}$는 아주 다른 사람임이 분명했다. 그와 내가 다른 사람인 것처럼.

"근데, 책에서 로자 아줌마가 나중에 죽어?"

나는 슬프지 않았다.

"어머니는 어떠셔?"

"술 마셨나?"

친절하고 싶지 않았다. 그랬다간 괜히 나만 더 비참해질지 몰랐다.

"소식 들었어."

나와 엄마의 존재는 납작해진 채 사람들의 입에서 입을 통해 휘발성 정보가 되어 날아갔을 것이다. 그런데 그는 그 소식을 잊지 않고 간직했다. 마침 크리스마스였다. 그 정도의 민폐는 가능한 사이였다고 나는 스스로를 위로했다.

"너, 나한테 치료비 보내."

나는 아무 말이나 내뱉었다.

"자다 깼냐?"

"임플란트 값이 만만치 않아."

"지금 네 충치가 문제냐?"

"아자르는 은퇴했잖아."

결국, 늘 시간이 이겼다. 그와 나는 그 사실을 비슷한 때에 깨달은 것 같았다. 역시 그도 나이를 아주 헛먹지는 않았다.

"설마, 너도 검색했냐?"

그는 이제 웃지 않았다.

"내 사랑 아자르는 전설로 남았지."

너의 사랑 에당 아자르, 나의 사랑 에밀 아자르. 우린 둘 다 위험을 사랑했다.

"좋은 말로 할 때 돈 보내라."

"이빨이나 잘 닦아라."

엄마는 우리의 통화를 엿듣거나 한 것처럼 침대에 누운 채 혼자 웃었다. 후훗.

잘 지내라, 끊지 마, 메리 크리스마스, 아 진짜 끊지 말라고, 여브세요, 여브세요…

크리스마스 내내 나와 엄마는 울리는 전화도 받지 않고 잠을 잤다. 깨어나선 조용히 책을 읽었다. 책꽂이로 가서 『자기 앞의 生』을 찾았다. 책장을 넘기는데 손등이 따뜻했다. 엄마의 체온이었다. 엄마가 책장을 넘겨주었다. 엄마의 손가락은 더할 나위 없이 하얗고 가냘팠다. 가까이 마주한 엄마의 향기로운 숨결이 내 뺨을 스치고는 귓가로 스며들었다. 나는 엄마가 잠들기 전까지 책을 읽어드렸다.

더 읽어드릴까요?

그만, 충분해.

아무(것)도 남지 않은 훗날에라도 엄마의 가방엔 수학 교과서와 영어 단어장, 그리고 『자기 앞의 生』이 들어 있을 것이다. 머리를 두 갈래로 땋은 엄마는 노인이 되어 눈이 침침한 나에게 다가와 책을 읽어줄 것이다. 또한 나의 메마른 입술에 두렵도록 강렬한 붉은 립스틱을 발라줄 것이다. 그러면 나는 엄마를 위해 미루지 않고 받아쓰기를 준비할 것이다. 나는 아름답지 않을 것이다. 그러나 더이상 외롭지 않을 것이다. 아마도 훗날, 엄마와 나는 자유로운 여행자가 되어 공항 검색대를 통과할 것이다.

"자, 열어보세요, 엄마."

어린 신부는 드디어 가방 지퍼를 열었다. 먼지가 곱게 일어나며 공중 어딘가로 사라지는 순간이었다. 우리는 새나오는 빛에 눈을 뜰 수가 없었다. 엄마는 그 안의 것들을 황홀한 얼굴로 조심히 하나하나 꺼냈다. 새하얗고 깨끗한 노트, 구김살 하나 없는 교복, 색색의 펜과 영어사

전, 그리고 아름답고도 거룩한 웨딩드레스.

아아, 엄마는 행복했을까, 불행했을까.

나는 엄마가 겁먹는 걸 지켜볼 수 없었다. 더이상 엄마가 꿈속에서라도 초라해지는 걸 견딜 수 없었다. 어느 한 구석에서라도 불행한 눈물을 흘리는 엄마를 못 본 척할 수 없었다. 금이 간 손거울 앞에서 고개를 떨군 어린 신부를 결코 외면할 수 없었다. 고향을 떠나 큰 도시에 입성한 배고픈 촌뜨기를, 숭의동 언덕 위에서 넋 놓고 사범학교를 바라보던 배움에 목마른 소녀를, 조개 다라이를 머리에 이고 배다리시장을 향해 내달리던 상처 입은 처녀의 절망을 나는 더이상 모른 척할 수가 없었다. 엄마, 가지 마세요… 나는 꿈결마다 빨간 자전거를 타고 엄마를 찾아 나섰다. 숭의동으로 와… 엄마는 달리고 달려 가방 안으로 들어갔다. 엄마는 그 안에 거룩하게 눕더니 나를 향해 손을 흔들었다. 나는 낭떠러지 앞에서 늘 급정거했다. 밤이 깊자 엄마는 가방의 지퍼를 손수 닫았다.

다시, 시작!

운동 나온 사람이 하나둘 눈에 띄기 시작했다. 나는 좀 창피했다. 하지만 엄마는 멈추지 않았다. 그렇지, 중심을 잡고 그래, 옳지. 나는 엄마 등쌀에 못 이겨 이 나이에 억지로 자전거를 배운다고 투덜거렸다. 하지만 내 몸은 이미 환희에 차서 하늘 위를 날고 있었다. 여기는 말 그대로 대전환의 운동장이었다. 대단한 것도 아닌, 부동산이나 주식 대박, 박사 학위, 로또 따위가 아닌, 나는 그저 자전거를 잘 타고 싶었다.

바로 그때, 지금까지 엄마가 숨겨온 건 눈물도 아니고 절망도 아니고 외로움도 아닌, 열렬한 야심이었을 거라는 생각에 문득 숨이 차오르며 콧등이 시큰해졌다. 딸의 비상을 눈치채고는 어쩔 줄 몰라 기뻐하는 모습에서, 딸이 속도감을 통해 삶의 방향을 잡았다는 걸 육감으로 알아낸 모성의 명민함에서, 그래 옳지, 아낌없이 쏟아 붓는 사랑의 에너지로 '자기 앞의 생'을 살아낸 후 이제는 어쩌다 걸린 질병에 호기심과 인내로 맞서는 어린 신부의 당당함 앞에서, 나는 뭐라 말할 수 없는 감동과 전율을 느꼈다.

"봐라, 근사하지."

엄마는 동이 트는 하늘 어딘가를 꿈꾸듯 가리켜 보였다. 엄마와 나의 새로운 여행이 막 시작되었다.

불빛을 보며 걷는다

불빛을 보며 걷는다.

안과 밖의 구분은 중요하지 않다. 하늘, 땅, 그 사이의
공기, 그리고 세상 처음부터 깜박이던 불빛 같은 것들이
먼저다. 그러니 모두들 서둘지 말았으면.

인생은 비밀투성이라고, 어떤 날은 불빛이 말해준다.
그것을 깨달은 사람들 눈에는 저 공기 끄트머리의 바람
이 보인다. 한번이라도 이 기류를 느껴본 사람들 발걸음
은 대부분 느리다. 그들 평생의 꿈은 발밑에 숨겨진 태고
의 퇴적층을 발견하는 것이기 때문에.

도영도 그런 사람을 알고 있다. 바람을 보았다는 순간에 대해 묻자 그 사람은 이렇게 대답했다.

　"밤바다를 향해 혼자 걸어 들어가는 기분, 그런 기분이었어."

　그는 궁금한 것들을 일일이 말할 수 없어 인생이 침울하다고 했다. 도영은 그를 용감하다고 생각했다. 그런데 사람들은 철이 없다고 그를 몰아세웠다. 그를 몰아세운 사람들의 공통점은 갈 데까지 가보았다는 것이었다. 그러나 도영은 갈 데까지 가보았다는 그들을 믿지 않았다. 그들은 고작 도영에게 요가를 배우라거나, 낡은 가방을 바꿔보라거나, 새로운 직장을 찾아보라는 말만을 되풀이할 뿐이었다.

　도영은 그와 함께 교외 어느 산성 근처로 숨다시피 나들이를 간 적 있다. 기름진 고기를 사먹은 한가위였을 것이다. 그는 오백년 전의 옛 성터를 가리켜 보이며 이렇게 말했다.

　"저 불빛 좀 봐."

　그의 말에 도영은 성터를 따라 부드러운 곡선을 그리며 지상의 것 이상의 신비로움으로 빛나는 불빛을 처음으로 올려다보았다.

　"나그네 말이야."

　"나그네요?"

불빛을 보며 걷는다

"그래, 넌 나그네가 진짜 있었을 것 같아?"

나그네라… 옛날이야기에 나오는 나그네는 왜 하필 산속에서 길을 잃는지, 그리고 어쩌면 죄다 극적으로 하룻밤을 묵어가야만 하는지, 이 상습적인 필연성은 어디로부터 근거한 것인지, 왜 여우나 귀신은 나그네를 가만두지 않는지, 나그네들은 집을 떠나 도대체 어디를 향해 가던 중이었는지.

그는 한참 만에 입을 다물었다. 자신이 무슨 말을 했는지 기억조차 못하는 듯한 그의 표정을 보다 말고 도영은 생각났다는 듯 고기를 뒤집었다. 도영도 그도 한동안 아무 말도 하지 않고 고기를 상추에 싸서 우물우물 먹기만 했다.

식사가 끝나갈 무렵, 도영은 야외 식탁마다 고기가 익어가면서 피어오르는 산만하고 기름진 연기 사이로 먼 곳의 불빛을 다시 올려다보았다. 아름다워서, 쓸쓸하게 느껴지기도 해서, 그리고 조금은 재미있기도 해서, 혼자 웃었다. 그는 마주앉은 사람이 도저히 못 알아볼 수 없는, 단발의 머리카락이 밝은 갈색으로 염색된 사실 따위에는 아무 관심 없었다. 그렇기 때문에 그녀도 더 관심 둘 이유가 없었다. 그래서 그에게 감사하기도 했다. 그래요, 무심해도 상관은 없어요.

그는 일어서며 마지막으로 말했다.

"나는 그런 게 궁금했어. 나그네 같은 거, 불빛 같은 거…"

한가위 연휴 마지막 날, 도영과 그는 서울역에서 다시 만났다 금방 헤어졌다. 일터가 있는 지방으로 내려가는 도영의 머릿속에는 산성의 불빛, 나그네, 밤바다의 비밀 등이 빼곡히 들어차 있었다. 그런데 그는 아무것도 기억하지 못하는 얼굴이었다. 귀성객들로 발 디딜 틈 없는 역사의 중심에 대충 주저앉아 그들은 소리를 질러가며 얘기를 나눴다.

"언제 또 와?"

"네?"

웅웅 울리는 안내방송과 인파의 소음 속에서 도영은 안타까이 소리쳤다. 네에?

"언제 또, 오냐고?"

"아, 서울은 너무 복잡해요…"

"매일 돈만 버니?"

"그럼요."

"넌 가난한 게 부끄럽니?"

도영은 슬슬 짜증이 났다.

"남한테 꾸러가고 싶진 않아요."

"왜?"

등허리 어디쯤에서 시작된 열기가 뒷목까지 잽싸게 타

고 올라왔다. 도영은 들고 있던 생수병을 자기도 모르게 흔들었다.

"보세요,"

도영은 소리쳤다.

"저번 고기값도 내가 냈어요. 택시비도 내가 냈고요, 그리고 이거, 이 생수 한 병도 내가 샀어요."

도영은 내뱉자마자 괜한 소리를 했다고 후회했다. 그는 아무 대꾸도 없이 도영의 눈길을 피하려는 듯 고개를 돌려 오른쪽을 주시했다. 도영 눈에는 인파를 통제하기 위해 설치해놓은 노란 경찰통제선만이 확대되어 들어왔다.

"그래도 서울은 네 고향이야."

"서울은 너무,"

도영은 그를 만나러 올라오기 전날 공들여 염색한 머리카락을 다시금 어루만졌다.

"서울은 너무, 무심한 도시예요."

도영은 겨우 말했다.

"가요."

도영은 승강장으로 향하는 사람들 얼굴을 하나하나 살펴보았다. 긴 연휴와 긴 이동, 만남과 헤어짐에 지쳤기 때문일까, 사람들은 어딘가 초조하고 피곤해 보였다.

"그래, 가…"

사람들에게 떠밀리다 도영은 잠깐 뒤를 돌아보았다.

사람들과 어깨를 부딪혀가면서도 그 자리에 몇 초를 서 있었다. 그를 보려는 건 아니었다. 그가 거기 없기를 바라는 마음이 더 간절했다. 그러나 그는 거기에 있었다. 아니 그는 거기에 있지 않았다. 그는 외로워 보였다. 아니 그는 외로워 보이지 않았다. 그는 뻔뻔해 보였다. 나의 나그네, 나의 불빛, 그를 한번이라도 제대로 바라본 사람이라면 두고두고 마음에 새겨둘 수밖에 없는 조용한 뺨, 무심하지만 친절하게 웃어주기도 하는 잔잔한 입매, 처음으로 불빛을 발견해 내게 전해준 사람, 잘 가오 부디 잘 가오.

서울을 떠난 후 도영은 불빛도, 나그네도 모두 잊어버렸다. 그후로 이런 말을 들었을 때, 전부터 알고 있던 지난 얘기를 다시 들은 것처럼 그래요, 하며 창밖으로 눈길을 돌렸다.

"그는 떠났어."

"고향으로요?"

"아니."

"그럼, 어디로요?"

"들판의 기차역으로."

"그래요…"

'확신하건대, 지금은 단 한 사람도 불행하지 않다. 그런 순간이 있게 마련이다. 행복하지 않다고 다 불행한 건 아니다. 그렇게 따지면 나는 행복했던 적도 불행했던 적도 없다. 한 가지 정확한 건, 미래를 생각할 수 있을 때는 아직 불행하지 않다는 사실이다. 경우에 따라 미래가 최악의 도달점일지라도 사람들은 자고, 먹고, 소비하고, 저장하고, 사랑하고, 떠나가고, 사기치고, 속아주고, 살 다짐을 하고, 죽을 각오를 하며 살고 있다. 즉, 사람들은 행복에 가까운 지점에서 불행을 경계하며 살고 있다.'

도영은 오늘도 같은 글귀를 공책에 적는다. 확신하건대, 지금은 단 한 사람도 불행하지…

나에게는 미래가 있다고 도영은 입버릇처럼 말한다. 어쩌다 미래라는 게 꽤 투명하게 나타나기도 한다. 방 안에 있을 때는 그렇지 않지만 방 밖으로 나가면 미래가 보인다. 정형화된 미래를 확인하는 것도 좋은 방법이 될 수 있다. 용기를 낼 것인가 다 집어치울 것인가. 나는 무엇이 될까, 나는 설마 무엇이 될 수밖에 없을까.

도영에게는 아직 세계관이 싹트지 않았다. 그러나 세계관을 중요하게 여기는 사람들이 아직도 세상에 존재하는지, 그녀는 믿을 수 없다. 사실 '의미'는 포착하기 쉬운 속성의 것이다. 그러나 세상은 나름대로의 방식으로만 존재한다. 도영이 알고 있는 것은 이것이 전부다.

지난 4월의 새소리, 그 소리는 진짜가 아니다, 십년 전 한강에 빠뜨린 손목시계, 그러나 멈춰버린 건 아무것도 없지 않은가, 고향 선산 위 신도비, 사람들 말을 끝까지 들어주지 않는 돌덩이, 플로랄향 목욕비누, 벗은 몸 따위는 질색, 인터넷 요금 연체료, 정보를 망령되이 일컫지 말라, 구멍난 양말, 매번 왼쪽부터, 버스카드, 나에게도 카드는 있다, 감자샐러드, 빈속에 먹을수록 살이 찐다, 아무도 안 보는 종이신문, 성가시지만 분리수거는 필수, 바닥난 A4 용지, 이면지마저 동났다, 엠보싱 화장지, 감기 조심, 초당 두부, 그러나 간장이 떨어졌다면.

이처럼 아직도 멀었다. 단편적이고 즉흥적인 것들이 세상을 지탱해왔다고 말하면 혼쭐날 거라고 도영은 어제까지도 믿었다. 나, 혹은 내부의 나, 이 두 존재 모두에 관심을 두지 않았던 세계, 그리고 세계보다 더 멀리 존재했던 타자들, 그들과 돌아가면서 한판씩 붙었던 장소에서 흘러나오는 원시적인 힘들, 강제보다 위력 있는 반복. 그 앞에서 도영은 자신이 꽤 건전한 사람이라고 결론 내렸다.

이제부터 그들의 표정을 관찰해보자. 이 표정은 미래를 준비하는 사람들의 표정이다. '제 얼굴을 좀 봐주십시오. 제 자신의 이런 표정은 저도 처음입니다.' 그들의 얼굴은 이렇게 말하고 있다.

초저녁만 되면 더욱 초라해 보이는 초록색 비닐소파를 엄마는 오늘도 못 견뎌한다. 이 소파는 어디서 얻었더라, 도영 눈에는 엄마의 표정이 언제나 똑같을 뿐이다. 밤새 사그라졌으면 더 좋았을 소파 같은 것들, 자리를 차지하고 있으면서 편리함도 친근함도 주지 못하는 병든 남편 같은 일상의 것들. 아예 주말도 없이 세상의 모든 일과가 오차 없이 진행되는 게 축복일 거라고 도영은 엄마를 볼 때마다 생각한다.

"고향은 말이지,"

엄마는 못마땅한 비닐소파에 드디어 앉는다.

"너희 할아버지가, 웬 갱지 공책을 펴더니 이게 바로 대통령 각하의 글씨라고 보여줘. 에이 글자가 크게 써 있었거던. 에이면 일등이잖어. 할아버지가 그 동리 관{$^\text{關}$}에서 행한 어느 연수에 참석했는데, 마침 대통령 각하가 예고 없이 그 자리를 찾으신 거라. 참석자들 보고서를 펴놓고 채점을 대통령 각하가 직접 하셨는데 에이를 받으신 거지, 늬 할아버지가. 백 명도 넘는 사람들 중 에이는 단 한 명이었거던. 그래서 대통령 각하가 할아버지네 동네에 시멘트도 공짜로 더 많이 주고, 전기도 그 근방에서 제일 먼저 들여보내줘서 사람들은 큰어른이라고 할아버

지를 만나면 골목에서라도 큰절을 올렸지. 대통령 각하
가 총 맞아 죽었다니까 할아버지는 대통령 각하 죽인 놈
죽이겠다고 식칼을 신문에 싸서 챙기더니 진짜 서울 가
는 기차에 올랐거던. 아랫마을 윗마을 장정들이 다 달려
들어 겨우 진정시켜놓으니 누워 열흘을 꼬박 물만 잡수
셨지. 그러다가 끝내 돌아가셨거던."

다세대 주택 집집마다 저녁을 준비하는 평온한 소리가
들려오자 엄마는 할 일이 생각났다는 듯 박수를 친다.

"그런 집안이야. 그래도 나는 그런 집안으로 시집을 왔
다."

생애 마지막 순간까지 또 어떤 사기극에 속아넘어갈지
모를 남편의 저녁상 따위는 이미 십년 전부터 챙기지 않
은 엄마가 자녀들 상은 지극히 정성스레 준비한다.

"알겠지? 봐라, 너만 잘 되면 동생들은 거져야."

이미 '글렀다'는 평을 받은 어린 두 동생은 이어폰을
한 쪽씩 나눠 꽂은 채 저녁밥을 먹는다.

"서울을 떠나면 거지 된다고 누가 그러던? 봐라, 우리
안 굶는다."

동생들은 말없이 급히 밥을 먹고는 건넛방으로 가 또
틀어박혀버린다.

"두번째를 조심해. 처음 만났을 때보다 두번째 만났을
때를 조심해야 해. 누구에게도 속을 보여선 안 되거던. 두

번째 만난 날 기대 같은 걸 갖거던. 그런 게 연애질이지. 뭔가 자꾸 기대하게끔 하는 거. 하지만 안 돼. 절대 연애 질에 기대를 해선 안 되거던. 차라리 저거, 형광등 같은 거 수도꼭지 같은 거에 기대를 걸어. 두번째부터가 그래 서 중요하거던."

엄마는 세상이 완전히 어두워져 자신의 과거도 현재도 미래도 가릴 수 있는 시간이 돼서야 잠을 이룬다. 그러니 엄마의 잠이 달콤할 리 없다. 잠결에도 공업용 미싱 돌아 가는 소리에 시달리다 못해 솜으로 귀를 틀어막고 꿈을 꾸는 엄마.

"울타리 너머로 보이는 불빛들은,"

엄마는 도영이 열세살 되던 해부터 오늘밤까지 당부 한다.

"새빨간 거짓말이거던. 나를 봐라. 불빛 아래서 하는 거란 미싱 돌리는 일밖에 없거던. 어두운 곳을 피할 필운 없다. 늬 아버지를 봐라, 고향을 떠나면서 한 일이 머 있 니."

도영은 얼굴도 생소한, 그녀의 가장 젊은 조상인 할아 버지를 생각한다. 실천가였을, 대통령 각하로부터 당당 히 에이를 받은 시골 촌구석의 큰어른, 그리고 단 한순간 도 세상 무서운 줄 모르고 살다 고향 그리운 줄도 모르고 죽어가는 그의 막내아들. 그리고 그가 먹여 살려본 적 없는 그의 식솔들.

"불빛을 등지고 반대로 걸어가야지. 불빛 아래 머물다 불 꺼지는 줄도 모르고. 불쌍한 인생."

프랑스 영화에 줄거리는 없다. 줄거리 대신 소리가 있다. 짧은 초인종 소리, 귀를 막은 연인들의 사랑하는 소리, 멈출 줄 모르는 자동차 소리, 그들이 잠든 창밖으로 밤새 내리는 빗소리, 새벽까지 연인을 기다리는 발걸음 소리, 잠든 도시를 깨우는 열차 소리, 열차에서 몸을 날리는 한 남자의 휘파람 소리, 멀리 사이렌 소리, 아무 기대도 없는 날 연인의 심장을 꿰뚫는 단 한 발의 총소리. 타탕!

이건 영화야, 촌스럽게도 도영은 영화를 보면서 이렇게 중얼거린다. 여주인공이 진짜 죽은 게 아니야, 이건 영화니까. 모든 건 성이의 그림 때문이니까.

성이가 말한다.

"충고 하나 할까?"

성이는 다 알고 있다는 얼굴로 도영 앞을 가로막는다. 아주 교활해 보이는 턱짓으로.

"일기 써?"

도영은 웃는다. 눈발이 흩날리기 시작한다.

"이런 건 일기장에나 써."

성이가 도영의 시작詩作 노트를 땅으로 툭 내던진다.

"그리고 일기장 같은 건 깊숙이 숨겨놓고."

그들이 서 있는 곳에서 한 발짝 앞으로 가면 바다, 뒤로 한 발짝 물러서면 기차역. 그들은 앞이나 뒤로만 움직일 수 있다. 그러니까 바다나 기차역으로만 갈 수 있다. 다른 어떤 상황도 이보다 절실할 수 없다. 어디로 가겠는가. 나는 기차역, 너는 바다? 기차를 타건, 배를 타건 도착하는 대로 우리는 다시 절망이다. 파멸이다.

도영은 성이의 암시를 알아채지 못한다. 성이의 아가 동생을 도영의 두 동생이 번갈아 업어주던 봄날이던가, 아니면 아카시아 냄새에 질식할 것만 같던 교실에서던가, 혹은 일기도 시도 아닌 글들이 적힌 도영의 공책을 성이가 땅으로 툭 내던진 크리스마스이브의 잔인한 새벽이던가, 아니면 수많은 등하굣길에서 만나 일상의 인사를 주고받던 아침과 오후, 그때그때의 무심한 발자국마다에선가.

프랑스 영화를 볼 때마다 성이가 생각난다고 했더니 엄마는 그런 영화는 보지도 말라고 간단히 말한다. 그러나 프랑스 영화를 안 봐도 성이가 자꾸 생각난다고 했더니 이번에는 잠자리에 들 때 식칼을 머리맡에 두고 자고 일러준다.

"식칼이요?"

도영은 엄마를 도와 백 장의 김을 손수 말없이 굽는다.

십오년 전, 도영은 서울 변두리 다세대주택 건넛방에서 내가 바다로 가겠다고 할 걸 그랬어요, 라고 울먹이며 방바닥에 납작하니 엎드려 있곤 했다.

"넌 어디로 갔는데?"

엄마가 물었다.

"기차역이요."

"성이는?"

"바다요."

"왜?"

"딴 길이 없었어요, 성이의 그림 속에는. 바다 아니면 기차역이 다였어요."

중학교 졸업을 하루 앞둔 날 밤, 성이는 마지막으로 도영을 찾아온다. 아기 동생을 업고, 쑥색 파카를 둘러쓴 둔해 보이는 모습으로. 도영의 동생들도 내복바람으로 따라나온다. 파카를 들치고 성이의 아기 동생에게 둘은 번갈아 뽀뽀를 한다. 성이는 동생들이 매달리든 말든 조심스레 편지 한 통을 전해주더니 날이 춥고 시간이 늦었다는 이유로 급히 발길을 돌린다. 도영은 왼쪽으로 기울어질 것 같은 성이의 뒷모습을 멍하니 바라본다. 그러다 무턱대고 조심하라고 소리를 지른다.

"조심해."

성이가 뒤돌아본다. 그러나 아가와 파카 때문에, 어둠 때문에, 그리고 처진 그녀의 어깨 때문에 얼굴은 보이지 않는다. 무엇을 어떻게 조심하라고 말하지도 않았는데 성이가 도영에게 소리친다.

"멀지도 않아."

"제발 조심해, 성이야."

"기다려."

성이를 돌려보내고 도영은 편지를 읽는다. 편지 내용은 간단하다. 너무 간단해 모든 게 거짓말 같을 정도로.

'동생의 출생신고를 부탁해. 아가의 이름은 명이. 일주일 후면 만 두살이야. 제발, 동생은 낮과 밤을 아직도 구분 못해. 엄마를 찾아 데리고 올게. 부탁해. 축 졸업.'

프랑스 영화를 보다 여배우가 죽으면, 그것도 총을 맞고 쓰러져 죽으면, 아니면 돈도 없고 아름답기까지 한 여자가 거리로 쫓겨나면, 그래서 파리라는 도시로 향하면, 도영은 무서워진다. 동그란 광대뼈, 잠잘 곳을 근심하는 여자들의 옆모습, 그런 지치고 외로운 모습들 말이다.

1부터 100까지 영어로 써가야 한다. 숙제가 짐스럽다. 하기 싫다. 도영은 또 일기를 쓴다.

'어려워서 두렵다. 성이는 그런데 내 말을 알아듣고 나를 위로했다. 별거 아니다, 숙제가? 아니 두려움이.'

도영은 성이에게 묻는다.

"꽃 좋아하니?"

"꽃?"

십오년 전 성이의 목소리가 바로 옆에서 들려온다. 꽃?

"그 꽃을 제목으로 시를 써줄게."

성이는 깊은 목소리로 대답한다.

"오직 마음 안에 있어."

"마음 안에?"

"응. 그 꽃은 아주 붉어. 시들지도 않아. 내게 매일 생명을 부어줘."

영원한 소녀 성이가 계속 말한다.

"아무도 모르게 내 마음에 차 올라와. 나는 사라지고 언젠가 그 꽃이 될 거야."

"아름답겠다."

"그러나, 아무나 다가서진 못해."

성이가 가슴에 손을 얹는다. 잠깐 아무 말도 하지 않는다.

성이의 마음속에 피어오르는 마젠타의 향기, 도영의 마음속에 피어오르는 열다섯의 시심.

온전히 마음을 향한 목소리로 성이가 속삭인다.

"이 안에 있어."

"어디?"

"여기. 언젠가 터져버릴, 영원한 불꽃."

엄마가 일회용 컵을 그들 앞에 내민다. 그들은 서로의 다리를 베고 누워 물샌 흔적이 있는 천장을 바라보다 말고 벌떡 일어난다. 미친 짓이야, 라고 도영의 큰동생이 내뱉는다. 벌써 일주일째 엄마는 해가 지면 일회용 컵을 들고 나타난다.

"너희 할머니가 돌아가기 직전,"

큰동생은 귀를 막는다. 그러나 엄마는 큰동생 옆에 더 바짝 붙어 앉는다.

"할아버지와 너희 아버지 형제들은 할머니 오줌을 받아 한 모금씩 맛을 봤거던. 오줌이 달짝지근했다지. 집안 내력이거던. 그후로 마음의 준비를 하고 날을 기다리니까 맛을 확인한 보름 후에 정말로 할머니가 눈을 감으셨다지. 너희 집안사람들은 단 오줌을 누는 병에 걸려 다 죽어갔거던. 너희 큰아버지도, 천안 고모도, 수원 고모도, 막내 고모도. 너희 아버지는 너희 할머니랑 모든 게 똑같어. 마지막까지도 마찬가지일 테지. 돌아가며 맛을 보자. 날이 얼마 남지 않은 것 같거던."

어머니가 고개를 숙여 컵에 입술을 댄다. 그 순간.

"갈겨버려."

큰동생이 일어서며 컵을 걷어찬다. 동시에 어머니도 쓰러진다. 컵이 공중으로 떠오른다. 저 위험한 액체!

"미쳤어."

"다 불질러버릴 거야."

"오늘만일 거야."

"두 번 생각할 것도 없어."

"징그러운 인간들."

"난 수험생이라고."

"서울을 떠나야 해!"

셋은 무작정 집을 뛰쳐나온다. 그러나 갈 곳이 없다. 골목 가로등 불빛 아래 말없이 서 있을 뿐이다. 세상에 이렇게 조용한 골목이 있을까. 어느 누가 달짝지근한 오줌을 누며 도대체 이 시간에 죽어갈 수 있을까.

막내가 먼저 말한다.

"나폴리로 가겠어."

아름다운 동산 행복의 나폴리 산천과 초목들… 산타 루치아… 도영과 큰동생은 킥킥대며 콧노래를 부른다.

"왜들 이래?"

막내가 소리를 높인다.

"나폴리에는 옛 노래가 아직 많이 남아 있어, 진짜래."

"넌?"

도영이 큰동생에게 묻는다.

"죽어도 학교는 안 가."

"왜 안 가?"

"거긴 무자비한 수용소야."

동생들이 도영을 쳐다본다.

"너희들은 나를 글렀다고 생각하지?"

"단 오줌이나 마시며 살든가."

그들은 골목에서 다시 집으로 들어온다. 큰동생이 방문을 잠근다. 셋이 돌아가며 걸레질을 해대도 어디선가 달짝지근한 냄새가 나는 듯하다.

"자, 눈을 감아."

그러나 아무도 눈을 감지 않는다. 큰동생이 책상 뒤에서 도화지를 가져온다. 도화지를 방바닥에 펼치며 눈을 감으래두, 한번 더 위엄 있게 말한다. 그래도 아무도 눈을 감지 않는다.

"이 방법밖에 없어."

그들은 알파벳 소문자 지^{q}자가 휘갈겨진 채로 거대하게 이어진 도화지 위의 이상한 그림을 다 같이 내려다본다.

"뇌회로 수련 사이클이야. 뇌를 가장 정화된 상태로 돌아가게 해주는 그림. 최상의 에너지를 방출할 수 있게 해줘. 이걸 지속적으로 어디서든 마음속으로, 눈으로, 손으로 그려나가야 돼. 그러면 그 정점에서 한 빛이 보이거든. 그 경지에 이르러야 우리 집안의 기운은 사라져. 몸이 타

들어가는 것 같다고 빛을 피해선 절대 안 돼. 그게 바로 새 에너지가 유전적 요소를 제거하는 증거거든. 단 오줌을 누다가 죽고 싶지는 않겠지? 그렇다면 빨리 내 말대로 해. 꼭, 빛이 보이는 경지까지 도달해야 돼."

막내가 오른손을 들고 허공에 그림을 그리기 시작한다. 아름다운 동산 행복의 나폴리, 이번에는 큰동생이 흥얼거린다. 도영도 눈을 감고 마음속으로 지^g 자를 이어서 그리기 시작한다. 몸이 앞쪽으로 자꾸 기우는 것 같다. 빛은 보이지 않는데 눈은 따끔거린다.

그가 안경을 쓰고 다시 서울역에 모습을 나타내는 데서부터 뇌회로는 시작된다. 아무것도 기억하지 못하는 그, 펑 다이너마이트 터지는 소리와 함께 서울은 다시 도영 앞에 나타나고 그는 오늘도 나그네처럼 갈 곳 없이 서울을 떠돈다. 떠나오 부디 떠나오. 어디선가 옛 노래가 들려오면 막내도 떠나겠지. 큰동생은 왜 학교엘 가지 않을까. 엄마는 미싱도 돌리지 않고.

이 밤, 성이를 닮은 여배우들은 모두 뇌리에서 사라져라, 성이의 아가 동생이 살았는지 죽었는지 무엇이든 신고하지 않으면 기억도 못하는 나의 어리숙한 나라여, 뇌회로 수련으로 유전자를 퇴치하는 철없는 나의 아우들이여, 깊은 밤일수록 효력을 잃어버리는 엉성한 뇌회로 사이클이여.

자연스럽지 않은 것엔 어떤 의미도 없다, 그러니 자연스럽게, 라고 말하면서 고개를 숙일 필요는 없다, 그는 그렇게 말했다. 그래도 도영은 쉽게 고개를 들 수 없었다. 그의 가죽만 남은 얼굴을 제대로 쳐다볼 수 없었다.

"나도 많이 변했어요."

모든 것들이 화해를 요청해오는 기분, 아무것에도 사로잡히지 않은 상태에서만 가능한 기분, 슬픈 기분으로 도영은 말을 이었다.

"하필 또 서울역이에요."

그도 어쩔 수 없다는 듯 웃어 보였다.

"나는 이제 홀가분해."

그의 미래는 어떤 모습일까. 그의 얼굴을 다시 본 순간, 도영은 세상이 아름답다는 따위 노래들이 치떨리도록 싫었다.

"난, 너무 눈치가 없었어."

"원인과 결과가 딱 맞지 않는 일들이 세상에 많아요."

"그거 아니?"

"네?"

그들은 탑승구 근처 김밥집 앞에 앉았다. 사람들은 그들과는 다른 세상에서 살다 분명 그들과는 다른 이유로

서울역에 와 있는 것 같았다. 도영은 그들에게 서울역이
뭐하는 곳인지 아느냐고 묻고 싶었다.

"넌…"

"저요?

"옳지, 너 말야,"

그는 숨이 찬 듯 잠시 숨을 고른 뒤 말을 이었다.

"넌 전성기야."

"전성기요?"

"그래, 넌 나의 전성기야."

도영은 그가 갑자기 내뱉은 말을 당연히 이해할 수 없
었다.

"최고의 전성기."

"최고의 전성기요?"

"그렇지, 꺼지지 않는 불빛 같은 거…"

도영은 손을 내밀어 그의 앙상한 손을 잡아버렸다. 꽉
잡으면 으스러질 것 같은 손이었다.

"영원히 빛나는 거요?"

"그렇지, 아직은 내 손이 따뜻한 것처럼."

"이제 봄이 왔잖아요."

"맙소사 그래, 봄이 이만큼 온 것처럼."

"왜 다 끝난 것처럼 말해요?"

그는 오히려 도영을 나무라는 얼굴로 바라보았다. 도영

은 그가 안경을 벗었으면 좋겠다고 생각했다. 도영 생각
에는 안경 때문에 그가 아무 말도 못 알아듣는 것 같았다.

"내 말은… 우리가 같이 이야기하는 순간이 좋았다고
요. 같이 책을 읽는 것도요, 여름날 오후의 물장난도요.
라면에 찬밥을 말아먹는 것도, 전단지로 종이배를 접는
놀이도 다 좋았다고요. 나는 그런 게 자꾸 생각났어요. 그
것뿐이에요."

"나는 벌을 받는 것 같아."

순간, 그의 말이 도영에게는 엄청나게 크게 들렸다. 그
녀는 헤픈 웃음을 터트려버렸다.

"나는 내가 욕심을 부렸다고 생각하지는 않아."

웃었다는 사실을 즉시 후회하며 도영이 대답했다.

"맞아요. 좀 더 실질적인 욕심을 부렸어야 했어요."

오늘도 웅웅거리는 안내방송이 끊이지 않고 들려왔다.
서두르게끔 하는 목소리와 속도로 방송은 이어졌다. 그
런데도 도영 눈에는 아무도 움직이지 않고 모두들 제자
리에 깊이 박혀 있는 것처럼 보였다.

"충분한 시간이 있었거든. 너무 책임감이 없었어."

"누구도 한꺼번에 모든 걸 꿰뚫어 볼 순 없다고요."

도영은 이제 악을 쓰고 있었다. 그는 벌써부터 몹시 지
쳐 보였다. 도영은 더이상 할 말이 생각나지 않았다. 누구
하나 그들을 주시하지 않는데도 사람들이 두려웠다. 자

신들의 얘기를 엿들을까봐, 그가 숨을 몰아쉬고 있다는 걸, 그가 마지막 순간에 죄책감에 시달리고 있다는 걸, 그가 겨우 앉아 있다는 걸 사람들이 세상에 소문낼까봐.

도영은 바로 앞줄 끝 의자에 앉은 한 노인의 푸석푸석한 머리털만 바라보았다. 도영은 그의 손을 절대 놓지 않았다.

"너무 쉽게 살았어."

"아뇨."

"사람들 말이 맞아, 철이 없었어."

"아뇨."

도영은 떨리는 입술을 앙다물었다.

"말도 안 돼요. 나에게 형식을 갖추지 마세요."

그는 도영의 손에 자신의 다른 손을 얹었다.

"나는 받기만 했어. 특히 너에게."

"아뇨."

"미안하다…"

아뇨.

도영은 눈물을 닦을 사이도 없이 말을 이었다.

"보세요, 나는 앞에 앉은 저 할아버지의 희끗한 머리털을 아까부터 살펴봤어요. 먼지 끼고 기름 낀 저 머리털 좀 보세요. 냄새도 나겠죠. 할아버지는 씻지를 않아 가족들은 물론 지나가는 사람들에게까지 불쾌감을 주고 있어요. 방금 전에 우리 옆을 지나간 아줌마, 혹시 그 아줌마 얼굴 봤어요? 저기, 지금 약국 앞을 지나가고 있어요. 눈썹을 문신했어요. 눈밑 아이라인까지. 그걸 또 나는 한동안 기억할 것 같아요. 눈매가 뚜렷하지 못한 게 한스러웠겠죠. 매번 화장하기도 성가셨을 테고요. 나이가 들었어도 당연히 예뻐지고 싶었겠죠. 엄마가 그런 것처럼요. 편의점 앞에 있는 저 애들도 좀 보세요. 우리 막내보다도 어려 보여요. 이 시간에 학교도 안 가고 여기 모여 있다니… 그래도 아무도 상관하지 않아요. 머리 스타일도 똑같고 옷 입은 스타일, 화장도 똑같아요. 기차를 타고 어디론가 떠나면 딴 세상이 있을 거라 믿는 순진한 아이들, 근데 아무도 그들의 감수성 때문에 슬퍼하지 않아요. 저 아이들을 보니 옛 친구 성이가 생각나요… 정말, 저 아이들을 보는 순간 성이가 헤어질 때의 모습으로 내 앞에 나타난 것만 같았어요. 서울역을 좀 보세요. 아, 시끄러워 견딜 수가 없어요. 다신 찾아오고 싶지 않아요. 그래도 나는 기억해요. 이런 얘기를 나란히 앉아 마지막으로 주고받은 의자의 딱딱함, 마주잡은 앙상한 손, 이미지를 남발하는 나, 내게 관찰당한 슬픔의 표적들, 우리의 화해를 기념할 친근한 소음들…"

도영은 천천히 눈물을 닦았다. 그러곤 계산을 하자마자 김밥을 먹으며 서둘러 걸어가는 젊은 커플들의 뒷모습을 한참 바라보았다. 지저분한 머리털의 할아버지도 눈썹을 문신한 여자도, 열일곱의 여자아이들도 곧 보이지 않았다.

도영은 한 번도 가보지 못한 곳에 서 있다. 꿈일까. 어쩌면 꿈일 것이다. 가본 곳일지도 모른다. 해가 지고 멀리로는 새들이 나는 게 보인다. 사람은 살지 않는다. 들판인데, 감당할 수 없을 만큼 넓다. 기차 안이다. 도영은 내릴 역을 지나칠까봐 잠도 자지 못한다. 왜냐하면 내려야 할역을 모르기 때문이다. 가방을 내려놓지도 못하고 꽉 껴안고만 있는 도영에게 지나가던 사람이 말을 건넨다.

— 아직 안 내렸군요.

도영은 그 사람이 고맙다. 모든 것을 이해해주는 따뜻한 목소리, 소리 없이 웃어주는 친절한 입매.

— 나는 곧 내려요.

그 사람이 다정하게 손을 흔들며 말한다.

— 같이 내려요.

도영이 일어나 매달리자 그 사람이 도영을 도로 앉힌다.

— 아니에요.

그 사람이 도영의 정수리를 쓰다듬듯 꾹꾹 누른다.

— 여긴 내가 내려야 할 역이에요.

도영은 기차 창밖을 내다본다. 넓고도 평화로운 들판이다.

– 나도 여기가 맘에 들어요.

그 사람은 고개를 숙여 도영의 머리카락을 어루만진다.

– 머리를 염색했군요. 잘 어울려요.

머리카락을 통해 스며드는 온기 덕분에 도영은 모든 염려를 까맣게 잊는다. 영원한 복원력을 자랑하는 사랑의 손길에 취해 도영은 제법 감격해서 말한다.

– 알고 있었어요?

그 사람은 가방을 메며 다시 손을 흔든다.

– 그럼요. 하지만 이제…

기차의 속도가 서서히 느려진다. 안녕.

– 가지 마세요. 같이 가요.

– 아니에요.

그 사람은 출구를 향해 걷다 잠시 뒤돌아 도영을 바라본다.

– 당신은 당신이 죽고 싶은 역에서 내리세요.

그 사람은 조용히 내린다. 그러고는 저 들판을 향해 천천히 걷는다. 그는 외롭다, 아니 외롭지 않다. 그는 나그네다, 아니 그는 불빛이다. 기차가 다시 움직이기 시작한다. 그 사람의 뒷모습이 멀어진다. 도영은 자리에서 벌떡 일어난다. 두 손으로 창문을 쿵쿵 치기 시작한다. 울부짖는다. 소리친다.

　- 어서 타세요, 기차 떠나요, 아 어떡해… 뛰어요, 어서
요, 아빠!

　아직도 하나의 성씨들이 모여 씨족사회를 이룬 채 모
여 사는 산골짝으로 당신들을 초대한다. 이곳은 모든 것
을 뿌리박게 하는 힘이 있는 골짜기다. 위치를 정하고 그
자리에 머물러 하루고 이틀이고 일년이고 십년이고 백년
이고 버티지 않으면 상대해주지 않는 골짜기. 귀신도 나
그네도 붙들어 매놓고 경계를 지정해주는 골짜기. 포도
밭 무성한 이 마을을 기억해주길.

　여러 번 도영은 포도밭에서 길을 잃었지만 그 밭을 벗
어나지는 못했다. 어쩌면 포도밭은 하나의 경계였을지
도. 그녀의 고조모는 저 산이 세상의 끝이라는 유언비어
를 남긴 죄로 평생 고개 하나 못 넘어보고 세상을 하직했
다지만 끝을 점칠 수 있을 정도로 자신의 공간을 장악했
던, 문중에 길이길이 기억될 인물이라고 도영은 굳게 믿
어온 터였다.

　포도밭을 지나 산에 올라, 모든 것과 접촉을 거부하는
땅에 이르러 일단 신발을 벗는다. 그리고 고개를 숙인다.
도영의 할 말은 이것뿐이다.

나는 용감하게 살고 싶어요. 명예롭게.

어머니와 동생들과 도영은 포도밭을 향해 천천히 내려온다. 검은나비가 외롭게 날다 산 아래로 내려가는 그들을 따라올 땐 아무도 울지 않아 더욱 무서웠던 산길.

자신 없다고, 어머니가 공중을 향해 중얼거린다. 자신 없다 해도 인생 따위가 별거냐고 큰동생이 일러준다. 막내는 뒷걸음질로 산을 내려온다. 산에 두고온 그를 생각하는지 나폴리를 생각하는지, 막내의 얇은 머리카락이 바람에 자꾸 휘날린다. 막내 주위로 검은나비가 다가간다. 막내는 검은나비를 겁내지 않는다. 괜찮아, 도영은 동생들을 향해 말하고 싶다.

걱정 마, 앞을 봐.

생각하는 게 싫증날 때, 아니 생각밖에 할 수 없는 순간이 올 때, 불빛은 다시 한 번 말할 것이다. 결국 모두의 인생은 비밀투성이라고.

그녀의 인생에 그런 날이 온다면, 당신에게 기억될 수 있는 말과 글과 얼굴과 뒷모습과 손짓과 눈빛을 남길 수 있는 날이 온다면, 도영은 그녀의 뇌회로가 평생 최악의 상태라 할지라도 그에게 제일 먼저 용서를 빌겠다고 다짐한다. 기억나지도 않을 만큼 오래 전부터 그를 보고 있었다고. 넓은 들판을 달리던 중에도, 단 오줌이나 누는 유전자를 퇴치하던 중에도. 그러니까 포기했다는 말은 다

거짓말이라고.

　확신하건대, 지금은 단 한 사람도 불행하지……

　도영은 오늘도 똑같은 글귀를 공책에 적고, 불빛을 향하는 이유를 생각해본다. 그러나 아무런 생각도 나지 않아 생각을 생각하고만 있다. 동생들은 배를 깔고 누워 음악을 듣다 어느새 소리 없이 잠들어버렸다, 오늘도 이어폰을 한쪽씩 나눠 꽂은 채. 그녀는 그들의 연약한 등허리와 뒤틀린 가는 목을 바라보다 말고 아직 어리다고 새삼 느낀다.

　누구도 섣불리 불꽃을 터뜨리지 않는다. 그리고 무엇 하나 보이지 않은 지도 이미 오래다. 도영은 이러한 사실 앞에서 그를 다시 떠올린다. 그는 자신의 생각을 전부 말하고 또 그것을 전부 행하고 죽을 것이라 생각했음에 틀림없다, 그래, 용기가 있어서. 그리하여 결국 도영은 자신이 그와 비슷한 사람임을 깨닫는다. 애석하게도 포도밭을 넘어서지 못한 사람.

　포도밭 안의 사람들은 죽은 자에게 모두 고개를 숙인다. 그들이 품고 있다 마지막 순간까지 터뜨려보지도 못하고 떠난 '불꽃'을 애도하는 마음으로. 도영도 그를 향해 고개를 숙인다.

도영은 이 사람들을 끝까지 기억하겠다고 고개를 숙인 채 자신과 약속한다. 나는 사라지고 언젠가 그 꽃이 될 거야, 죽어도 학교는 안 가. 그래도 나는 그런 집안으로 시집을 왔다. 나폴리에는 옛 노래가 아직 많이 남아 있어, 진짜래. 나는 그런 게 궁금해, 나그네 같은 거, 불빛 같은 거…

그들의 말은 모두 진심이었다는 걸 도영은 우연스럽게 깨닫는다. 또한 불빛을 보며 걷는 사람을 불러 세울 수 없다는 사실도.

'나는 당신들을 이해한다.'

도영은 문득 공책 가운데다 이렇게 쓰기 시작한다.

'언젠가 당신들도 나를 이해할 것이다. 물론 그 일은 우연히 이루어질 것이다, 당신들이 진심으로 원할 경우에만. 그러니 누구에게도 서둘 까닭은 없는 것이다'

불빛을 보며 걷는다.

보름 동안의 사랑

사람을 많이 만난 여름 동안 일기를 쓰지 못했다. 사람들을 만나면 할 이야기가 많았는데, 일기장을 펼치면 쓸 게 없었다. 사람들을 만나 그들이 중요하다고 생각하는 아파트나, 건강, 맛집에 대해 주고받았다.

　또 다른 사람들과는, 그들은 좀 특별한 사람들이기도 한데, 우리의 미래를 놓고 울분을 토하기까지 했다. 머리를 맞댄 채 앞날의 계획을 세우기도 하고, 금세 좌절하기도 하며 괜히 흥분했다. 물론 나중엔 언제나 그렇듯 인생을 허황되게 살아도 되느냐는 뉘우침과 깨달음 앞에 기가 죽어버렸지만, 그 자리에서만큼은 정의, 평화, 자유,

사랑 등을 위해 당장 뭔가를 뒤엎을 기세였다. 하지만 미세먼지와 전염병이 창궐한다는 핑계로 모든 걸 미뤘다. 결국 서로 부끄러움을 감추기 위해 킬킬대다 헤어졌다. 발걸음은 무거웠다.

누구에게나 지난여름이 있었듯 지난 보름이 있었을 것이다.

나는 지난 보름 동안 긴 머리를 어떻게 하고야 말겠다는 사소한 결심부터 앞으로 반려식물이나 반려동물을 키워볼까 하는 꽤 진지한 생각까지, 여러 생각을 '사랑'이라는 한 통로로만 해석했다. 그러면서 한편으론 무슨 일이 있어도 책을 사겠다는 결심을 의식적으로 되새기기도 했다. 책을 읽고 싶다고 오래 전부터 생각해왔으니까.

스탠드 아래서 책을 읽는 내 모습을 떠올렸다. 슬픈 책을 읽을 땐 울어버릴 생각이었고, 어려운 책을 읽을 땐 음악을 끄고 이를 악다문 채 읽을 생각이었다. 물론 현실에서는 존재하지 않는 모습이었다. 하지만 언젠가 이랬던 적이 있는 것도 같고, 앞으로 분명히 그럴 것이라고 믿고 싶은 나의 모습이었다. 그런데 내 방엔 책도 없고 스탠드도 없다. 수많은 깃발이 펄럭이는 마음속처럼, 사물의 모양을 한 여러 깃발들이 구석구석에서 펄럭거릴 뿐이다. 완벽히 산만한 공간이었다. 밤마다 하는 일이란 내 방의 무질서를 확인하는 일이었다.

지난여름은 이렇듯 앞뒤가 맞지 않은 채 끊임없이 더웠고, 비밀스러웠고, 끈적거렸다. 특히 A와 B가 사랑한 보름 동안은 더욱 그랬다. 그들은 세상 어느 모퉁이로 사라졌을까, 어떤 얼굴로?

나는 마음을 열었다 닫았다 하는 못난 결정을 되풀이하며 같은 질문만을 스스로에게 던졌다. 세상 어느 구석의 연인들이라도 끝까지 성실하고 솔직하게 그들의 허무를 견뎌내기를, 주제넘은 기도도 빼놓지 않았다. A와 B의 사랑을 사랑한 나로서는 모든 연인을 모른 척하기 힘들었다. A와 B 중 누구의 사랑을 조금이라도 더 사랑했는지 판단할 수 없어 우울하기까지 했다. 하지만 그들이 외로울 만큼 사랑한 순간 보름은 끝났고, A와 B는 '거기'에 머물고자 내게 두 손을 흔들었다. 이름 없는 동네에 살고 있는 나는 이제까지 누구에게서도 볼 수 없었던 표정으로 서 있는 A와 B를 향해 정리되지 않은 마음 그대로를 소리칠 수밖에 없었다. 그러나 텅 빈 우주 공간 그 모퉁이까지 내 목소리가 들렸을까. 나는 주위를 둘러보다 한참 만에 가방을 고쳐 메곤 했다.

옛 친구 집이 떠오른다.

그 친구 집에 있으면 기차 소리가 아득하게 들려오곤 했는데 그러면 우리는 그 소리를 주문 삼아 젊었다는 이유 하나만으로 묘한 우월감을 느끼기도 했다.

우리는 새벽이 되면 기찻길을 향해 난 창문을 과감하게 열어 젖혔다. 그러고는 낡은 기차를, 지울 수 없는 기차 소리를, 도저히 자신 없었던 미래를, 하지만 불안정한 우리 마음을 꿈꾸듯 사랑해줄 누군가의 목소리를 비밀스럽게 상상하며 콧노래를 흥얼거렸다. 아마도 스무살 즈음.

옛 친구에게는 멋진 재주도 있었고, 그 재주 덕분에 새벽은 지루하지 않았지만 조금은 쓸쓸하기도 했다. 아무도 몰래 노래를 짓기도 하던 친구가 자신이 만든 노래를 직접 불러주지 않았다면, 또한 그 목소리가 기가 차게 아름답지 않았다면 그 시절의 새벽은 금방 잊혔을지도 모른다.

그 친구가 만든 노래를 기억하기는 어렵지 않았다. 기찻길이 내려다보이는 언덕, 누군가를 떠나보낸다고는 도저히 생각할 수 없었던 헤픈 낙관론자인 나는 매번 누군가를 기다리는 중이라고 생각하며 친구의 노래를 들었다.

어느 시인이 그때의 새벽을 엿보고 쓴 듯한 시가 떠올랐지만 A, B와 함께 그 시를 읽는다는 것도 순진한 생각이 아닐 수 없어 나는 한동안 새벽잠을 설쳤다. A와 B 때문에 생각난 시를 막상 그들에겐 들려주지 못하고 사람 많은 거리나 걷다보니 여름도 끝났다. 단절의 정점에서 시작했다 거기서 허허롭게 끝나버렸다. 그대로 머물고자 한 A와

B는 '거기'에서 무엇을 보았을까. 나는 궁금함을 감추지 못한 채 혼자 중얼거렸고, 자주 고개를 갸웃거렸다.

그렇다면,

아아, 젊음은 오래 거기 남아 있거라.*

'내 옆으로 와서 앉아주세요'라고 솔직하게 말할 수 있는 사람은 멋진 사람이다. 그러면 못 이기는 척 옆으로 천천히 다가가주는 사람도. 생각해보면 비겁했기 때문에 초라했던 순간이 많았다. 차일 뻔했어, 취할 뻔했어, 심지어는… 사랑할 뻔했어.

그렇다면 A와 B는 어떤 사람들이었을까.

A와 B는 서로를 생각할 때마다 이상한 책임감을 느낀다. 제일 큰 의문이다. 접근한 적도 없고, 애원한 적도 없는 사람이 전폭적인 애정을 쏟아 부어준다고 느끼는 건 너무 터무니없다.

다가오라는 말인지 물러서라는 말인지 구분할 수 없는 암시적인 말과 표정으로 A는 늘 조용하다. B는 어수선한 발자국으로 A 주위를 빙빙 돌며 A의 앞머리카락이 바람에 보기 좋게 헝클어지는 걸 지루한 줄 모르고 지켜본다.

조용한 사람과 사랑에 빠진 사람은 이렇게 변명한다.

'날 좋아하는 줄 알았거든요.'

---

* 윤동주, '사랑스런 추억' 중

B가 말했을 것이다. 부끄러웠을 게 분명하지만, 그 순간 자신의 삶이 얼마나 멋진 비상에 성공했는지 B는 짐작도 못한 채 떨었을 것이다.

'이제, 그럼 우린 어떡하면 될까요?'

'세상이 방해할 거예요.'

A의 대답을 듣는 순간 세상 무서운 줄 몰랐던 B는 잠시 슬퍼진다.

그들이 맞닥뜨릴, 가늠조차 하지 못할 사랑이라는 이름의 '허무'에 그들은 미리 겁을 먹는다. 우스운 일이긴 하지만, 눈을 가리고 사랑을 시작한다는 점에선 그들도 마찬가지일 테니까.

그/그녀를 방치해도 될까.

A와 B는 자신이 없다. A와 B는 소심하다. 그들은 사랑을 숨기기 위한 좀더 쉬운 길이 있을 거라 맹목적으로 믿는다. 그러자 곧 주위가 시끄러워진다. 가방 속 지갑과 책상 위 탁상달력마저 소리친다.

그런 길은 없어!

신촌의 어느 골목도 안 다녀본 길이 없는 B는 신촌 거리를 걸으며 정작 자신이 모르는 딴 거리를 생각한다. 걷고 싶어 걸었던 적보다 움직여야 생각이 정리되는 습관상 혼자 많이 걸었지만, 신촌이 아닌 다른 거리는 기억에 남아 있지도 않다.

B는 A에게 먼저 가라고 말했다. 헤어져 혼자 걸어야겠다고 생각했다. 마침 택시들이 그들 앞에 얌전히 대기해 있었다. 그들은 아침 일찍 일하러 가야 했고, 밤은 깊었고, A와 B는 술을 마셨다. 그럼 안녕히. 그러나 A는 걷자고 말한다.

'같이요?'

'네.'

'지금요?'

'네.'

혼자 걷는 것보다 둘이 걷는 게 행복하다는 걸 A와 B는 그날 이후로 의심하지 않는다.

어느 순간엔, 이렇듯 길을 찾게끔 마음을 움직이는 거대한 힘에 놀라 우리는 우리 삶의 초라한 궤적을 바라보면서도 황홀해한다. 우리가 두 손 놓고 도망갈 궁리를 할 때나, 공격적이고 무심한 일상을 힘겨워할 때도 길은 열리고 있었음이 분명하다. 하루에는 하루의 힘이 필요하고, 하루의 고통과 하루의 위안이 필요하다는 사실을 깨달은 이상 포기할 수 없다고, A와 B는 결론 내렸을 것이다.

A와 B가 사랑하기 시작한 보름 내내, B는 모든 걸 한 번도 의심하지 않는 믿을 수 없는 시간을 체험했다. 이것은 B가 태어나서 처음 겪은 일이기도 했다. 또한 B는 잠

이 많은 사람이었지만 어쩐지 잠을 잘 수가 없었다. 그래서 자신이 얼마나 불안정하고 불완전한가를 꾸밈없이 고백하는 메일을 밤마다 A에게 쓸 수밖에 없었다. 쓰다가 포기한 메일이 더 많았지만, B의 글은 진지했고, 솔직했고, 그래서 사랑스러웠다.

A와 B가 사랑하기 시작한 보름 내내, A는 도심 속 어두운 캠퍼스에서 두 손을 잡은 채 기도하던 연인을 훔쳐본 날을 기억했다. A는 다음 날로 노트 한 권을 샀다. 그러고는 노트에다 그들을 엿보았을 때의 느낌을 적어나갔는데, 그 느낌은 반복되는 때가 많긴 했지만 결국 날마다 새로우면서 신비로웠다. 그들은 뭐라고 기도했을까, 그들의 기도를 신은 들어주었을까, 그들은 울고 있었을까, 혹시 그들은 처음 만난 거였을까, 아니면 헤어지기 전 마지막으로 만난 거였을까, 춥진 않았을까… A는 가방에 꼭 노트를 넣은 채 일을 하러 다녔고, 전철을 탔으며, 동료들과 점심을 먹었다. 노트를 어루만지지 않으면 잠이 오지 않을 정도로 어느 밤은 노트를 사랑하기도 했다. A는 자신의 고집과 상처를 더이상 숨길 필요가 없다고 노트에 적었다. A로서는 그 연인들을 만난 이후로 모든 게 천천히 움직이기 시작했다는 걸 자신에게만큼은 숨길 수 없었다.

A와 B가 사랑하기 시작한 보름 내내, A와 B는 아무도 몰래 모국어를 버리기도 했다. 잠이 오지 않는 새벽이나 사람들과 말하기 싫을 때마다 직선적이면서도 턱없이 불명확한 모국어의 망을 훌쩍 벗어났다. 그러고는 다른 종족이 쓰는 언어를 부여잡은 채 모호한 의미의 망을 애써 뚫고 들어가 힘겹게 그 안을 헤엄쳐 다녔다. A와 B의 가족이나 선배, 후배, 동료, 친구들조차도 그들이 도대체 무엇 때문에 고통스러우면서도 행복한지를 알지 못했다. 그러나 A와 B는 진작 알아차렸다. 어차피 거짓말에 불과한 언어였지만 이해할 수 없는 외국어는 차라리 여유로웠다. 단어와 맥락으로부터 말미를 얻어낸 그들은 상상하다 졸다 꿈을 꾸었다. 꿈에서 그들은 서로를 기다렸고 이 기다림이 꿈이 아니길 바란다고 꿈결처럼 속삭였다.

　A와 B가 사랑하기 시작한 보름 내내, A와 B는 곧 큰 변화가 일어날 전조를 아무에게도 말하지 않았다. A와 B는 가진 것이 없었으나 기죽지 않았고 A는 B에게, B는 A에게 삶의 예리하고 섬세한 촉수가 되어 서로가 서로를 기다리는 방편으로 서로에게 다가갈 수 있었다.

　단 둘이 두번째 만난 날, 엄밀히 말해 그 기다림은 그날부터 시작되었다. A는 '어떤 한 사람'으로 B를 남겨둬야 할까 말까를 끊임없이 망설였다. B도 A를 보며 '지나가는 타인'으로 외면해도 될까 말까를 고통스럽게 되물었다.

'꽃구경 좋아하세요?'

그러나 그때는 이미 장마가 지난 철인 데다 기온은 30도를 웃돌고 있었다. A는 자신이 현실을 회피하려는 말장난 같은 질문을 했다는 사실이 부끄러웠다.

'올해는 지났고, 다음해에 같이 갈까요?'

A는 '다음해'를 강조하며 말한다. 과연 이대로 가면 우리에게 '다음해'가 있을까. B는 A의 질문이 비겁하다고 생각한다. 그 비겁함에 미리 슬퍼진다.

'나는…'

B는 얼토당토않게 서러움이 북받치는 걸 겨우 참으며 말을 잇는다.

'나는요, 누군가를 떼어버리고 싶을 때면 얘기를 해요. 내 방법이 비겁하다는 걸 알면서도 늘 써먹어요. 그렇지만, 나는 그 방법으로 차이기 싫어요. 그런 꽃구경은 싫어합니다.'

A는 B에게 상처를 주었다는 사실을 뒤늦게 깨닫는다. 갑자기 모든 게 절박해지는 기분이다.

'꽃구경 싫어하세요? 꽃구경 멋있잖아요.'

A는 계속 고집을 부린다.

'내가 아닌 이유가 있겠지만… 먼 훗날의 꽃구경은 정말 싫어합니다.'

B와 헤어져 돌아온 날, A의 노트는 더욱 빽빽하게 채워졌다. A는 땀을 뻘뻘 흘리며 노트를 채워나갔다. B가 입었던 옷, B와 먹었던 평양냉면, B와 걸었던 거리, B의 말버릇.

B는 먼 훗날의 꽃구경은 싫어한다. B는 싫은 걸 정확히 말한다. 나는 B에게 상처를 주었을지도 모른다. B 앞에서는 먼 얘기를 하지 말자.

A는 다짐했다.

A와 헤어져 돌아온 날, B의 메일은 밤이 깊어도 완성되지 못했다. 손가락 하나 까딱 못할 정도로 무더운 여름밤에 B는 뜨거운 바람을 선사하는 문제의 선풍기 앞에서 A의 목소리, 말할 때마다 따라 움직이던 A의 왼손과 갸름한 손톱을 떠올리며 완성하지 못할 메일을 한 줄 한 줄 적어나갔다.

볼 때마다 얼굴이 낯설어 보여서 혼자 당황합니다, 아마도 짝사랑의 징후일까요, 집에 와 하루를 돌아보니 먼 우주로 여행을 떠났다 돌아올 길을 잃은, 아주 아득한 기분입니다.

똑같은 시간에 어떤 연인들은 기차를 타고 북쪽으로 향했을지도 모른다. 어떤 연인들은 밤늦게 통화를 하고, 밤늦은 그 시간에 어떤 연인들은 낯선 도시에 도착했을지도 모른다. 어떤 연인들은 서로의 체온을 느끼며 심장 박동 소리를 마음에 새기고 있을지 모르고, 우리와 마주 쳤던 어떤 연인들은 사소한 오해로 치명적인 상처를 주고받으며 서로의 마음을 난도질하고 있을지도 모른다. 그들 속에 A와 B도 숨어 있었을 것이다. '안 어울린다/잘 어울린다'로 혹은 '끼리끼리다'라고 내지는 '오래 못 간다'로 아니면 '권태기다'로 우리가 맘대로 점수 매기던 그 자리에.

이제부터는 해가 지기 시작한 쪽으로 움직이며 생각해 볼 일이다. 마치 해를 따라가듯 해와 똑같은 곳으로 몸을 움직이면 집이 나온다는 사실에 보름 전과는 색다른 기쁨을 느끼는 A와 B가 과연 제정신인지는 아무도 모른다. 하지만 어쨌든 집이 거기에 있다는 건 좋은 일이다. 집에 돌아와서야 우리는 누추하고 무질서하게 살고 있다는 사실을 깨닫는다. 이 무질서는 아주 정상적이고 평화롭기 그지없다. 누추한 것도 나름 조화롭다. 하지만 보름 전의 A와 B에게는 이런 자신감이 없었다.

지구가 해로부터 떨어져 있는, 무엇으로도 따라잡기

힘든 어마어마한 거리의 아찔함이 겁날 때도 있다. 마침 지금처럼 해가 질 무렵 집으로 향할 땐 더욱 그러하다. 당장 해결하기 힘든 공과금이나 카드 대금보다도 더욱 겁나는 일이다. 그러나 좁히기도 힘들고 더 멀어지기도 힘든, 순환의 틀을 지키는 완벽한 공간 안에 살고 있는데 까짓, 집에 먼지가 좀 있거나, 유통기한이 지난 우유가 냉장고에 있다 한들, 당장 세금 낼 돈이 없다 한들, 냉정하고 엄격한 우주의 아름다움에는 문제될 것 하나 없다.

그 생각만으로도 A와 B는 큰 위안을 얻는다. 그리고 그 사실을 서로에게 전해주고 싶어 그들은 말을 아끼기도 한다. 아꼈던 말은 기차를 타고 해야 한다. A와 B는 동지의식을 느끼며 깊은 밤 통화를 한다.

'무턱대고 떠나볼까요?'

'같이요?'

'네.'

해가 밝아온다. 세상에서 가장 찬란한 주말 아침이다. 풍경은 사랑스럽고 사람들은 행복하며 소음마저도 달콤하다. 이유는 단 하나다. 기차가 남쪽으로 달리기 때문이다. 이 기차가 달리고 달려 완전히 멈추는 곳이 있다면 A는 B와 손을 잡고 끝까지 가보고 싶다. B는 기차에 올라타는 순간 이미 마음속 빗장이란 빗장은 모조리 풀어버린 참이었다. 그러나 그들은 서로의 속마음을 다 말하지는 않았다.

　'난 원래 집에서 빈둥거리는 편이에요.'

　B가 수줍은 듯 말한다.

　'나도 게으르단 소리 많이 들어요.'

　A가 고백하듯 말한다.

　'사람들이 그렇게 말하던가요?'

　'네, 사람들이.'

　'사람들은 다 편하게 말하더라고요.'

　'그러게요. 세상에는 나에 대해 모든 걸 알고 있는 것처럼 말하는 사람들이 많아요.'

　'맞아요.'

　속도에 발맞춰 살기까지 조상들 흉은 얼마나 보았는지 A와 B는 고백하기 시작한다. 겁이 많고 극단적이며 부정적 사고방식으로 일관하는 집안 출신이라고 B는 자신의 집안을 소개한다. A는 비정한 집안 출생이라고 일축해버린다.

　'근데 핏줄이 전해주는 메시지는 딱 하나인가봐요.'

　B가 말을 잇는다.

　'네 조상을 알라. 즉, 너 자신을 가엾게 여겨라, 너도 피해자다, 뭐 그런 거 아닐까요?'

　'복잡한데요?'

　'나는 우리 아버지가 욕 좀 안 지어냈으면 좋겠어요.'

'나는 우리 아버지가 내가 숨겨둔 소주까지 다 안 마셨으면 좋겠어요.'

'우리 엄만 확대해석의 귀재예요. 세상에 작은 일이 없어요. 어떻게 늘 근심걱정을 창조하는지 모르겠어요.'

'우리 엄만 일을 벌이기만 하지 뒷수습은 안 해요. 식구들도 다 질렸어요.'

그들은 낯선 도시에 도착한다. A와 B는 이제야 완전히 단 둘이다. 그들은 우리가 부러워하는 사람들 중 하나일 것이다. 우리가 A와 B를 부러워하는 이유는 그들이 그 누구도 부러워하지 않기 때문일 것이다.

'난 호숫가 근처를 제일 먼저 가고 싶어요.'

'좋아요.'

'꽃구경보다 멋져요.'

'꽃구경을 무시하지 마세요.'

A는 B가 피곤하지나 않을까, 밑도 끝도 없는 죄책감을 느낀다. B는 A에게 너무 말을 많이 한 것 같아 마음이 무겁다. 그들은 변함없이 소심하다.

그들이 낯선 도시로 스며들어도 사람들은 그들을 알아보지 못한다. 해는 지던 방향으로 지고 사람들은 오늘도 집을 향해 몸을 튼다. 세상의 만물이 그들이 있던 자리로 찾아드는 중에도 A와 B만은 서 있다. 시간은 흐를 것이나, 다 알고 있다는 듯 천천히 흐를 것이다.

A의 거래처 직원 C의 중학교 후배가 아는 어느 지인이 B였다는, 동시에 C의 권유로 B가 잠시 가입했던 독서클럽에서 알게 된 회원의 입사동기가 A였다는 각각의 길고도 유쾌한 우연을 통해 만난 이후, 낯선 도시 소박한 기차역의 이 아담한 광장에 서서 A와 B는 지나간 날들과 다가올 앞날을 한꺼번에 헤아려보았다. 지하철로 삼십분 거리에 살고 있던 어떤 한 사람, 어깨를 움츠린 채 기획안을 쓰고 마감을 지키느라 노심초사하며 자신의 무능함을 각각 한심하게 여기던 A와 B는 불가항력의 어떤 한 타인을 만나면서 갑자기 우쭐해지는 기분마저 들었다.

　　'저기 잠깐 앉을까요?'

　　A가 묻는다.

　　'좋죠.'

　　A와 B는 자신들처럼 손을 잡고 지나가는 사람들을 괜히 하나둘 헤아린다. 지금 이 순간만큼은 세상의 유일한 연인이 되어 손바닥의 체온을 통해 대화하며 귓가를 맴도는 기차 소리의 여운을 조용히 되새길 뿐이다. 그것은 아주 먼 훗날 이뤄질 일이겠지만, 사랑한다거나 그립다는 말을 무색케 하는 지금 이 순간 심장의 고동소리처럼, 백발이 된 A와 B가 영원을 위해 서명하며 이 땅을 떠나면서 나누게 될 마지막 인사 같은 것일지도 몰랐다. 그 순간에도 서로의 손이 맞닿아 있는 것처럼 서로의 마음

이 맞닿아 있다면 그것으로 삶은 충분할 듯했다.

기차가 떠날 시간이 다가왔을지도 모르고 갈아타야 할 인생의 기차가 이미 떠났을지도 모른다. 도시에서 분주하게 살아온 A와 B에게 기차역은 마치 우주정거장과도 같았다. 그토록 기다리던 누군가는 여행객이나 행인, 후줄근한 면티를 입은 평범한 모습으로 혹은 바람 한 줄기나 새벽녘 이슬비의 모습으로 우연히 나타나 도시의 소시민에게 길동무가 되어주거나 인도자가 되어주니 A와 B가 누리는 이 순간은 기적이나 마찬가지였다.

당신의 삶 가운데서도 그 기적은 일어날 것이고 또한 언젠가는 몸소 당신이 황홀하고도 아름다운 어떤 행인이 되어 누군가에게 기적을 행사할지도 모를 일이다. 그러면 도착하는 사람이나 떠나는 사람 모두를 축복하는 신성한 기적 소리를 배경 삼아, 청춘을 애저녁에 망각한 채 시들어가는 외로운 사람들에게도 지난 보름은 잊지 못할 영원한 여름이 될지도 모른다.

그리하여 모든 기차역에 축복을, 광장 앞 그 흔한 편의점에도 축복을, 또한 분주한 비둘기들에게도 축복을.

A와 B는 서로가 했던 말의 한 낱말, 한 조사의 쓰임까지 세심하게 되새기는 서로를 지켜보며 도대체 그들 삶에 무슨 일이 일어났는지를 조용히 생각해보았다. 또한

한 존재를 향한 규정하기 힘든 책임감에 대해서도.

A와 B가 사랑한 보름 동안, 그들은 아마도 거리를 걷고 있었을 것이다. 노래를 부르고 있었을 것이다. A가 선물한 책을 B는 틈나는 대로 어루만졌을 것이다. A 또한 B가 보낸 메일을 반복해 읽으며 다 외웠을 것이다. 그들은 비밀을 지키고 있었을 것이다.

그들은 보름 동안 한시도 놓치지 않고 사랑할 수 있도록 최대한 집중했다. 그 힘은 그들에게 귀한 깨달음을 전해주었는데, 그것은 그들이 넘어야 할 벽이기도 했다. 작은 것에 기대어 살 수밖에 없도록 연약한 존재로 만났다는 사실, 그들은 그 깨달음 앞에서 한참을 떨지 않을 수 없었다. 가까이 다가가도 괜찮은지, 그들은 막상 무엇에 비할 수조차 없는 외로움 앞에서 머리와 마음이 깊이 저려오도록 겁을 먹었다. 이 외로움은 차라리 평생 다신 사랑하지 않겠다는 헛된 다짐을 되풀이할 만큼 날카롭고도 쓰라린 감정이었다.

그들은 그들 각자의 방식도 믿을 수 없었다. A와 B에게 조심스럽지 않은 건 아무것도 없었다. 이러한 긴장감을 피해 사람들 속으로 숨어들기도 했다. 그러나 그들은 사람들 속에서야 깨달았다. 지루해서 못 견딜 것 같은 이유를, 사람들 말을 한번에 못 알아듣는 이유를, 집중력이 떨어지는 이유를.

'옆에 있죠?'

'그럼요.'

그들은 도심 속 캠퍼스를 걷는다. A와 B는 함께 있다는 사실 하나로 뜻밖의 안도감을 느낀다.

A가 발길을 멈춘다.

'이 자리에 나는 자주 와요.'

A는 가방 속 노트를 생각한다. 그리고 기도하던 연인, 쓸쓸했던 존재들의 기도를 떠올린다.

'이 자리에서 혼자 뭘 하세요?'

'그냥, 책도 읽고 음악도 듣고…'

A는 자신이 대답해놓고도 무슨 말을 덧붙여야만 할 것 같은데 생각이 나지 않는다.

'맘에 드는 자리네요.'

그들은 나무의자에 나란히 앉는다.

'시원하죠?'

'네, 다른 사람들도 이 자리에 나란히 앉고 싶을 것 같아요.'

그들은 숨소리가 느껴질 만큼 가까이 앉아 서서히 세상과 멀어져간다. 십분 거리에서는 자동차가 쉬지 않고 달리고, 사람들은 약속을 정하고 상처를 주고받고 눈물을 흘린다. 움직이지 않는 것을 거리에서 찾을 수 없다. A와 B는 서로의 숨소리 하나만으로도 평화롭다. 헤어져 있을 때도 이 평화를 기억하며 잠들 수 있도록 그들은 애틋하게 귀를 기울인다. 숨을 쉬는군요, A와 B는 당연한 사실에 크나큰 안도감을 느낀다. 자신의 생명이 타인의 숨결에 이렇듯 뜨겁게 반응하는 아찔한 순간을 서로가 서로에게 명쾌하게 설명할 수 없어 A와 B는 참으로 안타까울 뿐이다.

'우리 만난 지 얼마나 됐죠?'

A가 묻는다.

'정확히 보름이요.'

A와 B는 서로를 말없이 바라본다. 벤치 주변으로 새들이 날아온다. A와 B는 서로의 손가락 하나하나며 손톱 끝까지 천천히 어루만진다.

언젠가 위대해질 수 있다. 우리가 스스로 달라질 수 있을 때, 아니 버려야 할 것을 스스로 알게 될 때. 이 말에 고개 끄덕이기 힘들다고 지금 당장 누구를 탓할 필요는 없다. 우리가 정한 때에 맞춰 위대해질 수는 없다. 조급함은 통하지 않는다. 혼자서는 더욱 힘들다. 아마도 기회를 놓치지 않으려는 긴장과 노력이 필수일 것이다. 자신 있는가.

이와 같은 이유로 A와 B는 감사해야 할 것을 깨닫는 과정을 거쳐 그들의 여름을 마무리했다. 이즈음 되면, 적어도 그들은 위대해질 수밖에 없다. 때문에 '자신 있는가'라고 물은 사람들은 오히려 부끄러워 달아났다.

특히 B가 혼자서 여행을 떠났을 때, B는 기찻길 위에서도, 처음 가본 도시의 바쁜 얼굴들 속에서도, 또한 우리가 달려보지 못했던 어느 국도 위에서도 끊임없이 A를 생각했고, A를 통해 체험한 숨막히는 외로움 앞에서 자신의 나약함을 매순간 확인했다. 그러나 그것은 포기도 한탄도 아닌 고마움이었다. 외롭고 조용한 여행을 B는 이렇게 고스란히 감당했다.

A는 B가 떠난 도시를 지키는 일에 처음부터 자신 없었기 때문에 B가 혼자 떠난 까닭을 수십번 수백번 되물으며 괴롭게 모국어를 버리지 않을 수 없었다. 그러나 거리를 걷지 않으면 A의 마음은 더욱 요동쳤다. 요양 중인 환자처럼 A는 몽롱하게 일을 했다. 일을 마치고는 지하철을 탔고, 지하철 안에서는 졸리지 않아도 눈을 꾹 감았다. 집에 도착해서는 B가 돌아오지 않을지도 모른다는 생각으로 불안에 떨기도 했고, 왜 B를 혼자 보냈을까, 자학과 자책의 한숨으로 B가 머물러 있는 지방의 지도를 검색하기도 했다. 조심해요 B, 밝은 곳으로 다치지 않게요! 그러면서 A는 'B가 아니면 안 되겠다'는 고백을 들려주기 위해 어느 때보다도 간절한 맘으로 밤마다 노트를 채워나갔다.

A와 B는 떨어져 있는 시공간 속에서도 서로가 비슷한 행동을 되풀이하는 줄은 까맣게 모르고 '혼자'라고 생각했다. 그들은 뜬금없이 검색창에 '사랑'이라고 써보았고, 부치지도 않을 손편지를 엎드려 길게 썼고, 새벽에 이유 없이 잠에서 깨 뒤척거리다 찬물을 들이켰지만, 그런 사실을 서로에게 말하지는 않았다. 자신의 한 손으로 다른 손을 허전하게 쓰다듬다 내려야 할 역을 지나치는 경우에 대해선 더욱 입을 다물었다. 그들은 또한 그들이 이해하지 못했던 사람들을 떠올리며 그들이 어떤 사람들이었는지를 이제야 알 것 같아 그들을 향해 뒤늦은 화해의 맘을 전하기도 했지만 이것이야말로 말하지는 않았다. 전에는 당신들이 경솔해 보였고, 산만해 보였고, 나약해 보였다고, 그렇지만 당신들의 따뜻함과 솔직함은 과장도 아니고 질병은 더욱 아니었다고, A와 B는 자신들의 오만함을 사과했다. 특히 A와 B는 사람들이 얼빠진 얼굴로 사랑 따위에 빠져 시간을 허비하는 동안 그들을 앞서갔다고 자신만만해하던 옹졸함을 뉘우쳤다. 그리고 어느새 그들과 똑같은 표정으로 살고 있는 스스로를 만족스럽게 바라보기 시작했다.

A와 B는 자신들이 달라지는 모습을 지켜보는 기쁨 속에서 지난여름을 보냈다. 물론 그 기쁨은 비밀이었다. 그들은 누구에게도 섣불리 말하지 않았다. 마침, 서서히 여

름은 끝으로 흐르고 있었고, A와 B는 먼 여행을 떠났다 결국엔 같은 방향을 향해 돌아오는 신비한 길 위에서 발걸음을 서두르고 있었다.

여름이 지나고 가을이 왔다고 사람들은 말한다. 그러나 이제 곧 가을이야, 라고 말하는 사람도 있고 아직까진 덥지, 라고 말하는 사람도 있다. 더이상 여름은 아니지만 아직 가을도 아닌 즈음에서 어쨌든 계절에 무슨 일이 있었던 건 사실이다.

사람들이 우리에게 싸움을 걸어오는 듯 보일 때가 있다. 그러나 그들과 싸울 필요는 없다. 여름과 가을이 바뀌는 것만 보아도 알 수 있다. 계절은 알아서 자리를 비워주고 알아서 그 자리에 깃든다. 군소리 없는 순환이다. 우리에게 싸움을 걸어오는 건 사람이 아닌 더 거대한 다른 존재다. 탐욕을 극대화하는 약탈, 비방과 폭력을 손쉽게 용인하는 무자비한 자본. 이런 세상에서 타인을 그 모습 그대로 인정하는 게 쉬운 일은 아니다. 타인을 인정하기 힘든 만큼 그들이 나를 공격한다는 집요한 피해의식도 만만찮게 우리를 괴롭힌다.

그러나 우리가 더 두려워해야 하는 건 나를 모른 척하거나 나를 떨쳐버리려는 사람들 (또는 현상들) 속에서 그들의 공격에 발맞춰 내 존재를 스스로 포기할지도 모른다는 점이다. 우리는 우리가 무엇을 두려워하는지 정확히 알 필요가 있다. 우리는 외롭고 쓸쓸하다고 말할 수 있도록 용기를 얻었고, 그 사실 하나로도 우리에겐 삶을 누릴 충분한 자격이 있다고 자신을 위로할 줄도 알게 되었다. 그리고 다행스럽게도 나의 나다움을 깨닫는 방편으론 사랑이 최상이고, 매서울수록 그 효과 또한 놀랍다는 걸 우리는 A와 B를 통해 어렴풋이나마 배웠다. 그러니 A가 B에게, B가 A에게 다가간 길목에선 이것 하나만은 분명했는데, A와 B는 용감했고 그래서 자신들의 존재를 포기하지 않고 투명하게 서로에게 내보일 수 있었다는 사실이다.

이제 누구의 차례일까.

지난여름 이후 내 삶에 변화가 있다면 다른 이들 귀에는 들리지 않는 부름과 응답이 내게는 정확히 들린다는 점인데, 나는 방향이나 거리, 혹은 속도에 관계없이 그 소리를 들을 수 있도록 나도 모르는 사이 A와 B 곁에 다가가 있었나보다. 그런 행복한 기분이 깨질까봐 창문도 조용히 닫고 콧노래도 조용히 불렀다고 하면 아무도 믿지 않을 테지만.

나는 밤마다 그들에게 이렇게 전했다. 아마도 A와 B가 끝까지 빛날 수 있도록 서툰 인사를 보낸 첫 사람이라는 사실에 감격하여 소리질렀을 것이다.

A와 B, 내 말 들려요? 쓸쓸함과 외로움을 감미롭게 음미하며 사는 사람은 없어요, 그건 거짓말이에요, 속지 마세요, 여길 보세요, 나는 겁먹은 초라한 사람이에요, 나는 상처 받았다는 이유로 숨어 살아요, 그렇지만 A와 B 당신들은 부디 잡은 손 놓지 말고 '거기'에 머물며 계속 빛을 보내주세요, 그러면 나도 언젠가는 모든 핑계를 내던질 수 있을 거예요.

때로 우리는 어느 날, 어떤 말을 주고받으며, 어떻게 그/그녀와 헤어졌던가를 되새기곤 한다. 그러나 기억은 정확하지 않다. 내가 했던 말과 당신이 했던 말들은 이미 퇴색되어 오해와 눈물 속에 짓밟히고 부스러진 채 기억이란 우주를 영원히 떠돈다. 하지만 봄꽃이 피기 시작하는 어떤 날엔 도발적일 만큼 아름답게, 안개가 낀 날엔 촉촉하고도 아련하게, 혹 눈보라가 치는 날엔 냉혹하고도 비참하게 글자와 의미가 충돌하며 마음 한곳을 뒤흔들고야 만다. 그렇지만 미친 듯한 되새김이 지나가고도 왜, 라는 물음의 답은 찾을 수 없다. 어쩌면 이 의문은 나에게 상처를 준 과거의 당신이나 앞으로 마주칠 앞날의 당신이 내게 남겨준 영원한 암호일지도 모른다. 왜, 왜 미소지었나, 왜 비가 내렸나, 왜 가방을 내던졌나, 왜 기차를 놓쳤나.

나는 당신과 내가 늙은 모습으로 다시 만난다면 어떨까 종종 상상한다. 더이상 젊지 않으니 긴장도 설렘도 없어 어쩌면 다행일지 모른다. 감정의 격차가 심해진다 해도 서로가 서로에게 덜 공격적일지도 모른다. 그러면 우리의 사랑은 뒤늦게나마 영원할지도 모른다. 물론, 회한과 아쉬움의 긴 터널을 지나 당신을 지금도 원망하는 나는 당신을 다시 만난다 해도 떳떳할 순 없지만, 당신과의 기습적인 재회를 남몰래 떠올리는 것은 나만의 가장 큰 기쁨이라고 벌써 노트에 적어놓았다. 그리움, 아니 그것보다 더 후회스러우면서도 당황스럽지만 아주 집요한 감정, 그럴 줄 알았다는, 미래가 증언하는 과거의 사랑, 일종의 최종변론, 기꺼이 면죄부를 남발하고픈 헤픈 중년의 어느 기차간, 그 익숙하고도 편안한 속도, 마치 인생의 모든 비밀을 알고 있는 듯한 차창 밖의 외로운 들판처럼 당신이 내 앞에 언젠가 다시 나타난다면 우리는 아마도 좀더 친절한 타인이 되어 서로의 안부를 편안히 물을지도 모른다.

내가 그들을 만난 건, 그리고 그들의 사랑을 지켜볼 수 있었던 건 크나큰 축복이었다. 그들이 떠나간 지금도 어느 순간엔 그들이 내게 보내는 투명한 부름이 가방 속에서나 커튼 뒤에서 경건하게 퍼져나와 가슴이 벅차오른다. 그래서 누구에게든 할 이야기가 많아졌고 사람들을 만나야 할 이유도 많아졌다. 돈, 건강, 맛집도 소중해졌다. 어쩌면 정말 반려식물이나 반려동물을 내 공간에서 키울지도 모를 일이다.

어떻게 정리해서 옛 친구에게 들려줄까, 옛 친구는 A와 B를 기억해줄까, A와 B의 이야기를 들려주면 옛 친구는 어떤 노래를 지어서 내게 들려줄까.

전에는 기대하지 않았던 것들을 기대하며 가볍게 웃을 수 있을 만큼 나는 여유로워졌다. 이것은 아주 중요한 사실인데, 조금씩 달라지는 중이라 의심할 시간도 줄어들어 어딘가 모르게 하루가 편안해졌다.

스탠드 불빛 아래서 나는 언젠가 책을 읽을 것이고, 그리고 다시 옛 친구와 창가에 앉아 밤을 새울 때가 찾아올 것이고, 여름은 다시 시작할 것이고, 삶은 그랬구나, 되뇌며 당신과 함께 헤프게 웃으며 세상으로 나갈 게 틀림없지만, 그 과정은 기계적인 습관이 아닌 전보다 훨씬 친근하고도 엄격한 버팀목이 되어 나를 붙들어줄 게 분명했다. 또한 가장 쉽게 사는 방법은 비겁하게 사는 것이지만, 비겁하지 않겠노라 나 자신과 약속했으니 세상 가까이 나가도 나는 더이상 숨지 않을 것이다. 확신은 나를 홀가

분하게 했고, 홀가분해지니까 치열할 수도 있었다.

우리의 존재를 고마워해줄 또 다른 존재가 찾아올 때, 아마도 당신이나 나는 A와 B가 떠난 길 '거기'에 서서 그들의 보름을 되새길 것이며 그들의 부름에 귀 기울일 것이다. 이것은 또한, 당신과 내가 옛날부터 기다려온 일이며 우리가 처음으로 겪을 영원한 일이기도 할 것이다.

그리고 무엇보다, 이번엔 나와 당신 차례임이 분명하다.

옛 노래 4
—성년식

1.

미누옥의 눈에는 피붙이처럼 아끼던 루루만 보였다. 저 작은 짐승에게 부족의 장정 두 사람이 아까부터 들러붙어 무명천으로 몸통을 묶고 있다. 루루는 달이 뜨면서부터 지금까지 시달려왔지만 저항하지 않았다. 신뢰를 담은 눈빛으로 내내 미누옥만 바라보았다. 다른 밤처럼 졸음을 애써 참는 모습이 그저 사랑스러울 뿐이었다. 그러나 미누옥은 알 수 있었다. 총명한 루루는 운명을 받아들였다. 그래서 소녀 미누옥도 긴 머리를 땋아 올리고, 용사들만 입는 큼지막한 소가죽조끼를 망설임 없이 받아

입고 나섰다.

　모든 걸 태워 삼킬 듯한 거대한 모닥불이 부족민들의 얼굴을 더욱 기괴하게 비춰주었다. 상기된 부족민들은 삼삼오오 모여 쉬지 않고 웅성거렸다. 소녀소년들은 북을 쳐댔다. 어린아이들은 북소리에 맞춰 성년식 제가祭歌를 불렀다.

　용사여 별이 떴도다, 골짜기엔 적의 두 동강난 심장뿐…

　시끄러웠다. 모든 건 괴성에 불과했다. 모닥불 가로 쏟아질 듯 아름답게 빛나는 별들도 아무 위로가 되지 못했다. 특히 마지못해 북을 울려대는 한 소녀, 팔은 제일 높이 들면서도 자꾸만 맥없이 엇나가게 북을 두드리는 게 아 때문에 미누옥은 더욱 어지러웠다.

　큰용사 명산이 드디어 불가로 나와 두 손을 높이 들었다. 북소리는 일시에 뚝 그쳤다. 북소리의 잔향은 물론 숲의 작은 생명의 숨소리까지 이글거리는 불 속으로 순식간에 빨려들어갔다. 새의 깃털로 장식된 명산의 화관이 밤바람에 취한 듯 이마 위로 흔들렸다. 소가죽조끼 위에 소가죽 띠로 목과 허리, 손목과 발목을 두툼하게 두른 명산은 더욱 거대해 보였다.

　큰용사 명산이 천천히 움직였다. 그러곤 양가죽부대 앞으로 가 조심스럽게 무릎을 꿇었다. 가죽부대를 펼치

자 먼 조상의 손끝에서 탄생했다는 둔기가 모습을 드러
냈다. 명산이 둔기를 들고 소리 없이 움직여 미누옥 앞으
로 가자 미누옥이 무릎을 꿇었다. 명산이 건넨 물건을 소
녀 미누옥이 받아들었다.

큰용사 명산이 두 손을 들었다. 북소리가 다시 울리기
시작했다. 부족민들은 이글거리는 모닥불 가로 더 모여
들었다. 애가 끓는 북소리와 어린아이들의 제가가 미누
옥의 가슴을 다시금 파고들었다. 타오르다 스러지는 허
다한 불꽃들처럼 미누옥도 사라지고만 싶었다.

용사여 별이 떴도다…

겁도 없이 높은 바위에 오르려 하고, 개망초 풀을 맛나
게 뜯어먹고는 만족하여 냇가와 산언덕을 뛰어다니던 루
루는 이제 고개도 들지 않았다. 루루는 약한 새끼는 돌보
지 않는 냉정한 어미로부터 버려진 새끼염소였다. 그러
나 미누옥이 찾아 데려와 루루라는 이름을 지어주고, 곡
식을 갈아 미음을 쑤어주고, 비바람이 심하면 장막에서
재우며 이만큼 키웠다. 지금이라도 당장 루루를 꼭 끌어
안고 보드라운 갈색 털과 막 돋아나기 시작한 뿔에 입맞
추고 싶었다. 그러나 헛된 생각을 지우려는 듯 미누옥은
두 손으로 둔기를 더 꽉 움켜쥐며 몸을 일으켰다.

북소리가 빨라지기 시작했다. 두 장정은 루루를 끌어
당겨 무릎 높이의 통나무 단으로 옮겼다. 그후 몸통을 두

른 천을 양쪽에서 엇갈려 잡아당기며 루루로부터 거리를 두었다. 가녀린 몸통이 점점 옥죄어오자 루루는 숨이 막힌 듯 벌써부터 뭔가를 토해내며 비칠거렸다.

명산이 달빛 그늘 아래로 몸을 숨겼다. 그러곤 잠시 후 북소리에 맞춰 발을 구르기 시작했다. 부족민들까지 가세하자 속도는 더 빨라졌다. 루루와 둘만이 남겨진 불가에서 미누옥은 천천히 둔기를 들어 올렸다. 루루의 정수리를 가늠해보았다. 모닥불의 열기는 전혀 느껴지지 않았다. 잔혹한 냉기만이 미누옥의 몸을 파고들었다. 이제 미누옥의 눈은 살기로 빛났고, 공격적인 잔인함으로 충만했다.

모닥불 속 한쪽 장작이 스러지며 무수한 불꽃들이 타다닥 타오른 순간이었다. 그 찰나 미누옥은 북소리의 가학적인 속도에 맞춰 루루의 눈과 눈 사이 어딘가를 향해 거침없이 둔기를 휘둘렀다. 강타당한 작은 짐승의 입이 무섭게 벌어졌다. 이어 처참한 비명이 밤하늘을 찌를 듯 울리기 시작했다. 루루는 펄쩍 뛰어오를 기세로 몸을 세우며 경련했다. 머리에서 피가 샘물처럼 솟아올랐다. 루루는 수십번 아니 수백번 고개를 휘저으며 미친 듯 바닥을 긁어댔다. 컥컥거리는 작은 생명체는 격렬히 떨며 원망과 배신, 죽음의 고통을 처절하게 쏟아냈다. 온전히 쏟아내지 못한 피눈물은 비명을 타고 마을을 지나 밤하늘로 멀리 퍼져 나갔다. 고통의 파동이 루루의 몸을 관통하기까지 아주 긴 시간이 흐른 듯했다. 불꽃들은 무질서하게 타올랐다 흔적 없이 사라지며 작은 생명의 찢겨진 파편을 각 사람의 영혼으로 실어 날랐다. 얼마나 시간이 흘렀을까, 미세한 떨림조차 사라진 어느 순간이었다. 루루는 입을 벌린 채 곧 축 늘어졌다. 부족민들의 광기어린 함성이 터져나왔다.

둔기를 손에서 놓친 채 휘청거리던 미누옥은 루루 앞에 꺾이듯 주저앉았다. 눈을 감았다. 손을 뻗어 루루의 깨진 머리 위에 손을 댔다. 따뜻하구나 루루… 그러곤 새용사답게 그 피를 두 뺨에 문댔다. 나는 지금 무슨 짓을 하고 있나… 몸이 앞으로 기우는 찰나, 기다렸다는 듯 명산이 달려들었다. 명산이 소녀 미누옥의 손을 잡고 힘껏 일으키자 부족민들의 찬사가 쏟아졌다. 피를 흘리며 쓰러진 루루와 루루의 피로 얼룩진 미누옥의 얼굴, 그리고 패배를 모르는 큰용사 명산의 도도한 눈빛은 부족민들의 열기에 광기를 더해주었다.

미누옥은 입술을 적시는 루루의 피를 맛보았다. 끝났다 루루… 의지하며 사랑을 나누던 한 생명의 마지막 흔적이었다. 이제 루루는 없었다. 내 손으로 루루의 정수리를 찍어내렸다, 내 손으로 루루의 숨통을 끊었다… 몸서리치는 소녀의 눈가가 금방 젖어들었다. 잔인함과 수치심으로 분열된 앳된 얼굴에서는 땀과 피와 눈물이 얼룩져 기괴하게 흘러내렸다.

소녀와 소년들은 용사가 되어야 했다. 용사가 되지 못하면 치욕을 감내하며 장막을 떠돌아야 했다. 약탈만이 살 길인 부족에게 겁쟁이는 필요없었다. 명산이 큰용사가 되면서부터 소녀와 소년들은 그들의 미숙함, 약함, 연소함, 어리석음을 어린 가축에게 전가하는 제사를 치른 후, 부족이 보는 앞에서 그 가축을 때려죽여야 했다. 제물의 피를 부족민들 앞에 증거로 대지 못하면 누구도 새용사가 될 수 없었다. 그러한 피의 제전祭典이 어김없이 돌아온 것이다.

버려진 염소를 데려와 보살핀 게 죄라면 죄였다. 고아가 된 게 수치를 당할 합당한 이유라면 이유였다. 지난해 가을, 미누옥의 아비는 약탈전쟁에 나갔다 돌아오지 못했고, 어미는 남편을 잃고 목구멍으로 아무것도 넘기질 못했다. 그렇게 앓다 낙상까지 당하면서 어미마저 올봄 세상을 떠났다. 루루를 만나지 못했다면 소녀 미누옥은 세상천지 혼자였을 것이다.

큰용사 명산은 제물에 불과한 가축을 헤프게 사랑하는 이들을 가장 무섭게 꾸짖었다. 전사로 자라야 할 소녀소년들을 어리석음에 빠뜨린다는 이유 때문이었다. 어리석음과 악함의 본보기였기에 미누옥과 루루는 명산에겐 눈엣가시와 다름없었다.

제전의 밤이 깊어가고 있었다. 미누옥은 피하지 않았다. 미누옥은 부족 안에서 용사가 되기 위해 루루를 향해 둔기를 날린 이 상황뿐만 아니라 고아가 된 봄부터 겪은 모든 수치와 부당함을 더는 견딜 수 없었다.

과잉된 열기 속에서 부족민들의 함성은 다시금 미누옥의 뒷덜미를 강타했다.

"새용사 미누옥!"

"미누옥은 새용사!"

부족민의 함성 속에서 미누옥이란 이름이 밤하늘을 찔렀다. 이제 어느 누구도 건드릴 수 없는 강인한 존재, 누구의 장막에 빌붙을 필요도 없는 자유로운 존재, 천더기 고아도 연약한 소녀도 정숙한 정혼자도 어진 부인도 아닌, 오로지 새용사 미누옥.

그런데 언뜻 함성이 잦아든다 싶은 한순간이었다. 북소리가 흐트러지면서 소녀소년들의 놀란 비명이 터져나왔다. 소녀소년, 어린아이들이 함께 소리치기 시작했다.

"게아가 쓰러졌어요!"

동시에 상수리나무 위에서 모든 걸 지켜보던 테가 나무 아래로 뛰어내렸다.

2.

술과 고기가 넘쳐나는 장정들의 자리는 밤새 이어졌다. 장정들의 독주毒酒는 소녀소년들 틈에 끼어 맛보던 술지게미와는 확실히 달랐다. 독주는 입속부터 목구멍까지 사정없이 할퀴어대며 미누옥의 심장에 고스란히 들러붙었다. 숨이 가빠지면서 자꾸 눈이 감겼다. 성년이 된 젊은 용사들과 정혼자들은 말린 대마잎을 피우며 북쪽 숲에서 환각의 밤을 보낼 테고, 노예들에게도 그 밤은 허드렛일과 노동에서 벗어날 수 있는 축복의 순간이었을 것이다. 이 모두를 감시한다는 명분 아래 고깃국물에 밀 반대기를 넣은 야식을 먹는 부인들도 밤이 깊어가는 줄은 모르는 듯했다.

하지만 이제 이지러진 달이 모습을 감추기 전, 내일 밤 탄생할 새용사 테를 위해서라도 독주가 담긴 잔은 모두 거두어야 했다. 어제와 오늘, 그리고 내일 밤까지 이어지는 제전을 통해 탄생한 새용사와 모든 부족민들을 위해 신관神官 조부인이 소망의 주문을 선포하면 제전의 대미는 장식될 터였다. 축복의 선포와 동시에 부족민들은 방금 전까지 벌인 피의 제전 따위는 까맣게 잊어버릴 게 분명했다.

부족민들의 여흥이 아직 한창인 시간, 새용사 미누옥은 졸음도 떨칠 겸 자리에서 슬슬 일어났다. 부족민들은 이미 취해서 누구의 자리가 비었는지조차 알지 못했다.

미누옥은 마을의 고갯마루를 혼자 올랐다. 고갯마루 초입 상수리나무를 지났다. 잡목 수풀을 지나 드넓은 구릉에는 부족의 공용 창고장막이 있었고, 쥐똥나무 이어진 자갈길 저 위로는 명산의 장막이 있었다. 미누옥은 상수리나무를 지나 부족민들의 장막이 두루 내려다보이는 곳에서 잠시 멈췄다. 미누옥의 눈길은 저 아래 서쪽 터에서 움직이지 않았다. 많은 부족민들이 타오르는 모닥불 가에 아직도 모여 있었다. 미누옥은 악몽 속 환영과도 같았던 이글거리는 모닥불을 멀리서 바라보았다. 아무리 얼굴을 씻어내도 루루의 피비린내가 사라지지 않았다. 모닥불 가의 루루는 티끌보다도 작아 보였는데…

그 순간이었다. 손에 남아 있던 둔기 자루의 거친 감촉이 되살아났다. 손이 저릿했다. 미누옥은 자신도 모르게 아아, 신음소리를 내뱉었다. 이 손으로 루루의 머리를 박살냈다… 생각이 다시 거기에 미치자 오른손이 죄여오며 뻣뻣해지기 시작했다. 동시에 몹시 어지러웠다. 취한 걸까. 가빠진 숨을 고르는데, 속에서는 묵직한 덩어리 같은 게 자꾸만 올라왔다. 넘겨야지 넘겨야지 했지만 치밀어 오르는 역겨운 기운을 이길 수가 없었다. 미누옥은 끝내 넓적한 바위 곁에 쓰러지듯 무릎을 꿇었다. 그러곤 참지 못하고 치를 떨며 모든 걸 토해내고 말았다. 그 순간엔 속에서 터져나오는 꺽꺽거리는 소리만이 깊은 밤의 숲을 더럽고도 구차하게 울렸다. 숲은 미누옥의 속이 뒤집어지는 소리에도 초극의 침묵으로 일관했다. 바위에 기댄 미누옥의 눈꺼풀은 어느새 제풀에 내려앉기 시작했다.

풀벌레 소리에 이어 부엉이 소리가 귓전을 맴돌았다. 부엉이가 어둠의 깊이를 가늠하듯 집요하게 울어댔다. 그 소리를 따라 루루가 다가왔다. 그래, 살았구나… 루루는 미누옥 주변을 장난치며 빙글빙글 돌았다. 살았어, 루루가 개울로 뛰어들었다. 밤이라 추운데 어서 나오렴, 미누옥은 루루를 잡기 위해 개울로 뛰어들었다. 온몸을 에워싸는 냉기가 끔찍스러웠다. 갑자기 물살이 거세졌다. 안 돼… 견디다 못한 미누옥의 눈은 저절로 떠졌다.

모닥불 가의 소음이 미누옥을 대번에 감쌌다. 숲 전체가 떠들썩한 와중에도 토막잠은 깊고 묵직했다. 얼마나 잔 걸까. 미누옥은 눈에 띈 자신의 역겨운 토사물 위에 흙부터 대충 뿌렸다. 그러곤 일어났다. 뻣뻣해진 몸을 이끌고 천천히 움직이는데 저 위 명산의 장막 뒤편에서 희미한 불빛이 보였다. 내려가던 미누옥은 걸음을 멈췄다. 멀리서 들리는 거친 소리의 잔향이 발걸음을 방해했다. 올라가볼까, 그냥 내려갈까… 몇 번을 망설이다 미누옥은 발길을 고갯마루로 돌렸다.

"말을 하시오."

조급하게 내뱉는 명산의 목소리였다. 미누옥은 장막 뒤편 불가에 쭈그리고 있는 두 사람을 발견했다. 장막 앞까지 울타리처럼 이어진 쥐똥나무 뒤로 일단 몸을 숨겼다. 불가에 주저앉은 두 사람의 어깨 위로 달빛이 암울하게 내리비쳤다.

"재앙이란 말이오?"

명산이 다시 다그쳤다.

"간이 까맣게 탔소… 과연 애가 끓으며 목숨줄이 끊겼소."

신관 조부인의 대답이었다. 불가 앞에 펼쳐진 사체는 루루가 분명했다. 희생제물 루루의 몸은 명산의 손에 의해 갈가리 찢겼을 게 뻔했다. 희생제물의 내장으로 미래를 점치는 신관 조부인이 루루의 내장을 살폈으니 이제 루루는 들짐승의 밥으로 내던져질 차례였다.

"부족민들이 원하고 있소."

"극한의 고통으로 모든 게 굳었소. 무엇도 알 수가 없소."

신관 조부인은 조용히 말했다.

"승리의 제가가 필요하오."

"창자도 모두 녹아 내렸소."

"전사에겐 용맹뿐이오."

"방금 목숨줄이 끊긴 짐승으로 보이지 않소."

"희생제물일 뿐이오."

"큰용사의 길도…"

부엉이 소리에 묻혀 신관 조부인의 음성은 미누옥의 귀에까지 정확히 들리지 않았다. 하지만 이어지는 명산의 고함소리는 모닥불을 집어삼킬 만큼 위협적이었다.

"약탈전쟁을 준비해야 하오!"

순간, 조부인의 몸도 움찔했다.

"큰용사의 길도… 끊겼소."

조부인이 벌떡 일어나자 명산도 따라 일어섰다. 거대한 명산과 마주서자 조부인은 더욱 왜소해 보였다. 하지만 조부인도 물러설 기세로는 보이지 않았다.

"딛고 있는 땅이 힘을 잃었소."

"그러니 내게 용기와 소망의 주문을 주시오."

명산의 목소리가 비열할 만큼 갑자기 고분고분해졌다.

"생명을 욕되게 하면, 그 핏값이 어디로 가겠소?"

"어서."

"산과 바위의 뿌리를 뽑을 큰용사의 힘도 이제는 다했소."

새용사 미누옥은 숨을 죽였다.

"노예를 풀어주고 씨앗을 뿌리시오, 그러면 하늘이 단비를 내릴 것이오."

"고되게 땀을 흘리란 말이오?"

명산이 신관 조부인 앞으로 슬슬 다가가기 시작했다.

"새용사를 높이시오."

"지금껏 부족을 위해 내 목숨을 바치지 않았소?"

"새용사의 발아래 극비의 약초가 돋아나고 있으니…"

명산의 손이 머리 위로 올라가는 순간이었다. 신관 조부인이 두르고 있던 겉싸개가 명산의 손에 의해 갑자기 벗겨지는가 싶더니 곧 겉싸개가 조부인의 목에 휘감겨지기 시작했다.

"삼갈 줄 모르는 큰용사여,"

새용사 미누옥은 침을 꼴깍 삼키며 눈을 부릅떴다. 촘촘한 쥐똥나무 가지 사이로 희뜩거리는 조부인의 작은 몸이 보였다.

"큰용사여, 어리석고 미련하오…"

저항하는 조부인의 몸짓은 하릴없이 공중을 떠도는 날벌레처럼 보였다.

"저주와 재앙이 아닌 용기와 소망의 주문을 외치시오!"

명산이 조부인의 목을 조르며 악을 썼다. 쥐똥나무 가지가 갑자기 흔들렸다. 아니다. 흔들리는 건 미누옥의 몸이었다. 다시 또 뭔가 묵직한 게 속에서 자꾸만 올라오는 듯했다.

"살고 싶으면, 시키는 대로 하란 말이오."

저 달빛마저 구름 속에 갇히면 명산은 무엇이든 숨길 수 있었다. 조부인을 제거하고 부족의 큰용사이자 신관으로 자처할 수도 있었다. 이미 부족의 모든 여인에게 명에를 준 장본인이자 전쟁과 피의 제전을 강요한 잔인한 용사였다. 명산의 권력 앞에서 부족민들은 물론이거니와 과부와 고아 따위는 한낱 티끌이요 날벌레나 마찬가지였다. 조부인의 숨이 넘어가려는 급박한 순간 미누옥의 눈에 묵직한 돌덩이가 들어왔다.

모녀가 하나 되어 나를 받들면 더욱 큰 축복을 받을 것이오, 과부가 된 어미를 찾아와 명산이 협박하던 그날 밤부터였을 것이다. 미누옥은 밤마다 돌덩이를 집어들었다. 수백번 명산을 향해 돌을 던졌다. 수천번 낭떠러지 아래로 명산을 떠밀었다. 수만번 명산의 피를 들이켰다.

"잔인한 손 내게서 치…"

"아직도 못 알아듣겠소?"

미누옥은 두 손으로 돌덩이를 주워들었다. 가지를 어깨로 밀쳐내며 울타리를 벗어났다. 신관 조부인의 눈이 뒤집히며 흰자위가 번득거렸다. 미누옥은 숨을 죽이며 불가까지 나와 섰다.

"새용사의 오른… 손에 만… 물의 기운이…"

큰용사 명산의 거대한 등판이 세상의 끝인 듯 미누옥을 가로막았다. 몸이 휘청거렸다. 숨을 깊게 들이쉬고 내

쉰 후 한 걸음 또 내딛었다. 이제 명산의 뒷목덜미는 서너 발짝 앞에 있었다. 고아 혼자서는 지낼 수 없으니 보름달이 뜨는 밤, 향료를 바르고 내 장막으로 들어오시오… 명산은 미누옥의 어미가 눈을 감은 순간부터 더 집요하게 미누옥의 영혼을 후려쳤다. 울음도 나오지 않았다. 아뇨… 아뇨 아뇨! 미누옥은 흙바닥을 구르며 소리쳤다. 결국 미누옥은 자신을 용서할 수 없었다. 그래서 돌덩이를 머리 위로 들어올렸다. 두 팔이 부들부들 떨렸다. 신관 조부인의 숨넘어가는 소리마저 잦아드는 것만 같았다.

안 돼!

미누옥은 솟구쳐 오르는 절규를 삼켰다. 묵직한 돌덩이를 명산의 뒤통수를 향해 힘껏 내던졌다. 명산이 꿈틀하며 뒤를 돌아보는 순간 돌덩이가 퉁겨나가며 조부인이 쓰러지는 동시에 미누옥도 뒤로 나자빠졌다. 핏발 선 명산의 눈동자와 정확히 눈이 마주쳤다. 그 눈동자는 미누옥을 집어삼킬 것만 같았다. 그러나 몸이 말을 듣지 않았다. 두려움과 공포에 온몸이 흐물흐물 녹아내리는 것만 같았다. 명산의 거대한 몸뚱이가 한걸음 한걸음 미누옥에게로 다가왔다. 새용사 미누옥의 입에서 신음 같은 절규가 새나왔다.

"굶주린 맹수의 밥이 될 자여…"

거인 명산이 달그림자를 완벽히 등진 채 어둠과 함께

꿈틀거렸다. 멀리 모닥불 가의 소음과 밤새소리를 거칠게 밀어내며 명산은 내뱉었다.

"어리석은 새용사여."

"독사의 동굴에 빠질 운명이여…"

미누옥은 저주에 저주를 내뱉고 싶었다.

"자, 내 장막이 멀지 않소."

미누옥은 팔꿈치로 몸을 지탱하며 벌벌 떨었다. 몸은 완전히 굳어버렸다. 그 순간, 사냥감을 향해 덤벼들듯 명산은 미누옥에게 달려들어 오른팔을 낚아챘다. 그런데 소리조차 내지를 사이 없이 명산의 뒤에서 바람처럼 나타난 누군가의 그림자는 다시 그 돌덩이를 집어들었다. 그림자는 그 돌로 명산의 뒤통수를 정확하게 가격했다. 명산의 몸이 미누옥에게로 쏠리는 찰나 명산의 화관의 깃털이 어여쁘게도 살랑거리며 미누옥의 품으로 먼저 떨어졌다. 곧이어 미누옥이 화관을 받아 안으며 잽싸게 몸을 굴리는 순간 명산의 몸도 나엎어졌다.

쓰러진 명산의 뒤통수를 계속 내리찍는 누군가의 입에서야말로 저주의 절규가 쏟아져 나왔다. 눈앞에서 벌어지는 광경을 미누옥은 보면서도 믿을 수가 없었다.

"갈아 죽이고, 찢어 죽이고, 말려 죽일 거야."

정신이 혼미해 쓰러져 있던 신관 조부인이 그 순간 번쩍 눈을 떴다. 그때였다. 뒤통수가 피범벅인 명산이 거대한 몸을 꿈틀거리며 일어나는 듯하더니, 억소리 한번 내지 못하고 곧 고꾸라졌다.

마을을 남북으로 가로지르는 냇가로 향했다. 부족민들의 장막은 냇가를 중심으로 반은 서편에 반은 동편에 있었다. 냇가 서편으로는 마을의 큰일이 열릴 때마다 모닥불을 피우는 서쪽 숲 빈터와 창고장막이 있었고 냇가 동편으로는 숲을 지나 벼랑바위와 산 오름으로 향하는 거친 숲길이 있었다.

테는 졸음에 겨운 새끼염소 보리를 안고 있었다. 미누옥은 보리를 안고 있는 테를 바라보았다. 내일이면 루루가 내던져졌던 제단으로 보리가 던져질 차례였다. 하지만 당장 내일의 일은 아무도 알 수 없었다. 미누옥이 먼저 입을 열었다.

"나를 용서할 수 있겠어?"

테는 그제야 미누옥을 바라보았다. 말이 없고 웃음도 없는 테의 기다란 얼굴이 더욱 차가워 보였다.

"왜 나에게 용서를 구하지?"

"일단 건너가자."

조부인이 테와 미누옥을 향해 재촉했다. 냇가 동편에는 게아와 조부인의 장막이 있었다. 정신을 잃고 쓰러졌던 게아는 괜찮을까.

미누옥과 게아, 테는 부족 안에서 형제자매처럼 언덕을 뛰놀며 함께 자랐다. 넓은 이마와 견고한 콧대가 어김없이 명산을 떠오르게 하는 게아는 암흑과 열매를 보면서도 미래를 예언했다. 게아의 신기神氣는 사람들의 거짓을 파헤쳤고, 탐욕을 꾸짖었다. 테는 어려서부터 풀피리를 만들어 불며 숲을 일깨우고 다녔다. 돌을 날카롭게 갈아 바위에 나무를 그리기도 하고, 불에 지진 나무 끝으로 소가죽에 새를 새기기도 했다. 주변 모든 것들에 새로운 활력과 아름다움을 선사하는 테는 잡초든 야생초든 모든 걸 소중히 여겼다. 하지만 지금 미누옥과 테는 큰용사 명산을 돌로 내리찍고 어찌할 바를 몰랐으며, 게아는 루루가 숨을 거두는 순간 갑자기 실신하면서 온 마을을 놀라게 했다. 더욱 어이없는 건, 명산의 화관이 지금 미누옥의 손에 들려 있다는 사실이었다.

미누옥과 테, 조부인은 어둠 속에서 냇물을 건너기 시작했다. 소가죽조끼가 더욱 무겁게 느껴졌다. 발목이 젖자 몸이 움찔할 정도의 냉기가 전해졌다. 몸이 뭔가에 자꾸 휘감기는 느낌이었다. 늘 건너던 냇가 한가운데서 미누옥은 숨이 차올라 걸음을 멈췄다. 다시 손을 씻고는 얼굴을 씻었다.

"미누옥?"

냇물을 건넌 후 세 사람은 어둠 속 상수리나무 아래 잠시 마주섰다. 달빛을 받은 조부인의 얼굴은 갑자기 할머니가 된 듯 쪼글쪼글해 보였다. 그러나 다소곳한 어깨를 타고 자연스럽게 늘어진 겉싸개 자락만 보아도 조부인의 자태는 단아하고 아름다웠다. 미누옥은 조부인의 빛나는 눈동자를 새삼스럽게 바라보았다. 아무리 주름지고 메말랐다 해도 의지의 눈동자는 여전했다. 위협과 수치도 조부인의 깊고 진실한 눈은 비껴간 모양이었다.

"정말 괜찮으세요, 신관님?"

신관 조부인은 겉싸개를 여미며 고개를 끄덕였다.

"새용사의 탄생을 축하하오."

미누옥은 다시금 저릿해오는 오른손을 왼손으로 한참 주물렀다.

"명산은… 죽었을까요?"

미누옥이 묻고 싶었던 걸 테가 먼저 물었다.

"네 잘못이 아니다."

"저야말로,"

"아니다, 미누옥."

신관 조부인은 거침없이 말했다.

"두 사람이 아니었으면 명산이 누운 그 자리에 내가 누웠을 것이다. 명산의 숨통이 끊겨졌다 해도 그건 우리의 잘못이 아니다. 명산은 받아야 할 벌을 받았을 뿐."

신관 조부인이 미누옥의 오른손을 잡아주었다.

"루루는 넘치는 사랑을 받고 떠났다."

조부인의 손길이 닿자 냉기가 가시며 갑작스럽게 눈물이 솟구쳤다. 미누옥의 떨리는 입술 사이로 의미를 알 수 없는 흐느낌이 서러움과 고통에 섞여 터져나왔다. 미누옥 머리 위의 어둠 속에서도 휘파람 소리를 내는 새들이 숨어 함께 울부짖기 시작했다.

"산과 바위의 뿌리를 뽑을 새용사여."

미누옥의 숨결이 어느 정도 진정되자 신관 조부인이 입을 열었다.

"의지는 눈물과 함께 샘솟는 법."

미누옥은 두 손바닥으로 눈물을 씻어냈다.

"테?"

조부인이 이번에는 테를 불렀다. 테는 품에 안은 보리만 내려다보았다.

"길을 찾았나, 테?"

루루와 다르게 급할 것 없이 어슬렁거리길 좋아하는 보리는 푹 잠이 든 듯했다.

"다정한 형제여."

"저는,"

테가 어렵게 입을 열었다.

"저는, 제 죗값을 기꺼이 받겠습니다. 보리에게 떠넘기지 않겠습니다…"

미누옥은 비수에 가슴이 찔린 것만 같았다. 저절로 어깨가 움츠러들었다.

그때였다.

"새용사 미누옥! 미누옥은 새용사!"

냇가 동편 숲에서 부족 아이들 일고여덟 명이 모습을 드러냈다. 그들은 상수리나무 아래서 갑자기 솟아난 것처럼 어둠을 밝히며 나타났다.

"헤아리는 자, 우리의 어머니, 신관님이여!"

아이들이 다가와 신관을 향해 예를 갖췄다.

"아가, 아무리 대잔치 날이라지만 밤은 깊고, 숲은 어둡다."

신관의 말에 부족 아이들 중 유독 어려 보이는 아이가 나름 진지한 목소리로 답했다.

"하지만 우리는 동무를 찾고 있어요."

이어 아이가 노래를 흥얼거렸다. 그러자 함께 있던 아이들도 다 같이 부르기 시작했다. 부엉이가 화났네, 부엉이는 숨었네, 부엉이를 찾아라, 부엉이는 달렸네… 아이들은 제가를 부를 때와는 달리 아이다운 생기로 가득 차 노래했다.

"부엉이가 길을 잃었니?"

조부인이 물었다.

"네, 부엉이의 발이 너무 가벼워서 우리는 아무것도 몰랐어요."

"그렇다면, 나도 찾을 수 없겠는걸."

조부인이 어둔 숲으로 눈길을 주며 대답했다.

"부엉이는 어제의 가장자리를 딛고 가지요."

"부엉이는 달무리를 굴리며 가지요."

"부엉이는 넝쿨을 끊으며 가지요."

"부엉이는 얼굴도 안 씻고 가지요."

이빨이 빠진 아이의 한마디에 아이들은 하하 함께 웃는다.

"부엉이는 산딸기를 따먹으며 가지요."

"그래."

조부인은 아이들을 향해 말을 잇는다.

"나도 너희들의 동무를 꼭 찾아보마."

"들어주는 자, 우리의 큰자매가 앞장서도다."

"축복하는 자, 우리의 신관님, 고맙습니다."

"밤이슬이 차다. 이제 어서 장막으로 돌아들 가거라."

아이들은 냇가를 건너면서도 쉬지 않고 노래하며 재잘거렸다. 부엉이가 화났네, 부엉이는 숨었네…

"너와 게아, 테도 늘 분주히 뭔가를 찾곤 했지…"

조부인의 입가에 따뜻한 미소가 번졌다.

"저희가요?"

"그럼, 부엉이뿐인가? 개미의 가족들, 참새 새끼가 흘린 작은 낟알, 흔들어 뺀 하얀 아랫니, 냇물 속 검은 조약돌, 지난 밤 꿈에 보았다던 노란 꽃잎… 모든 걸 찾아 소중히 간직하려 했지."

미누옥은 아이들이 사라진 서쪽을 잠시 바라보다 말을 이었다.

"하지만…"

아이들의 모습은 이제 보이지 않았다.

"하지만?"

"더이상 이곳에 머물 수는 없어요, 신관님."

"아이들이 찾던 부엉이가 여기 있었구나."

미누옥은 차분하게 웃었지만 다시금 눈가가 촉촉해졌다.

"더이상, 다른 이를 다치게 하고 싶지 않아요. 그리고 나도 더는 다치고 싶지 않아요."

조부인은 고개를 끄덕거렸다.

"그럼, 이제, 테?"

"저는 새용사가 되고 싶지 않습니다, 신관님."

미누옥과 조부인은 테의 차가운 음성에 귀를 기울였다.

"어차피 오늘밤 부족을 떠날 생각이었습니다, 보리와 함께."

미누옥의 귓가에선 아이들의 노래가 끊임없이 맴돌았다.

"아무도 저에게 제사를 강요할 수 없어요. 저는… 연약한 채로, 어리석은 채로, 어린 채로, 미숙한 채로… 살고 싶습니다. 그림을 그리고, 풀피리를 불고, 보리를 돌보면서요. 신관님께만은 마지막으로 인사를 드리고 싶었습니다. 그래서 밤에 신관님을 뒤따라갔다가 저도 모르게 명산을…"

조부인은 잠시 눈을 감았다. 숲은 순간이지만 아주 고요했다.

"나의 딸과 나의 아들이 소망의 다리를 건너 들판으로 나아가도다. 내딛는 곳곳에 의지가 꽃을 피우고 영혼마저 타오르도다…"

조부인의 감은 눈에서 눈물이 흘러내렸다.

"게아가 떠나려는 우리를 이해할까요?"

"그러니 어서, 어린 게아에게로 가자."

3.

누워 있던 소녀 게아가 일어났다. 신관 조부인과 게아, 미누옥, 그리고 테는 흐린 등잔불 아래 둘러앉았다. 보리는 테의 발치께에 엎드렸다.

"루루는 울지 않았어."

게아가 말했다.

"그럼."

미누옥이 대답했다.

"미누옥, 넌 해냈고."

"그래… 넌 괜찮니?"

미누옥의 말이 끝나자마자 게아는 조금 높아진 소리로 말했다.

"밤하늘이 빙글빙글 돌면서 상수리나무들이 어둠 속에서 붕 떠올랐어. 그러다 루루의 작은 몸을 뚫고 나오는 외침을 끝으로… 루루는 너와 나의 이름을 수없이 불러 댔는데… 그후로 귀가 멍해지고 머리가 터질 것 같으면서, 자세히 기억나는 게 없어."

등잔불 아래서도 미누옥은 게아의 얼굴이 무섭도록 창백한 걸 알 수 있었다. 게아는 당장에라도 왈칵 눈물을 쏟을 것 같은 얼굴이었다. 자신의 얼굴에 들러붙어 있던 죄책감이 엉뚱하게도 게아의 얼굴로 옮겨간 듯해서 미누옥은 기가 막혔다.

"뭐라도 먹어야 한다, 게아."

조부인은 게아를 향해 야단치듯 말했다.

"옷이 젖어서 모두 춥지?"

게아는 딴 소리를 하며 자신의 망토를 끌어다 미누옥과 조부인, 테의 발을 덮어주었다.

"발이 젖어서 그런 거야? 왜 모두 심장이 여기, 머리 위까지 올라와 뛰고 있지?"

"게아,"

조부인이 게아를 불렀다. 게아는 조부인을 바라보았다.

"우리의 심장이 보이니, 게아?"

"아주 붉어. 터질 듯 뜨거워."

"다 내 잘못이야."

"그건 아니다, 미누옥."

"내가 한 일이야."

과묵한 테가 나섰다.

"아니라니까, 테."

조부인이 대답했다.

"미누옥의 오른팔도 찢겼어. 테는 지금 마음속으로도 노래하지 않아. 누군가 너희의 마음을 뒤틀어놓은 거야."

게아의 말을 끝으로 아무도 입을 열지 않았다. 한참 후 게아가 이어 앳된 목소리를 높였다.

"미누옥, 너는 본래의 자리로 가고 싶은 거야. 테는 다른 날과 달리 서두르기만 하고…"

"그래, 동이 트기 전,"

미누옥은 다짐을 한 듯 입을 열었다.

"혹시, 독주 때문이야? 아니면 설마 약탈전쟁을 이끄는 진짜 큰용사가 되려는 거야?"

게아는 거의 울부짖었다.

"그런 거 아니야."

미누옥은 게아의 얼굴을 살폈다.

"동이 트기 전, 나와 미누옥은 떠날 거야."

테가 단호하게 말했다.

조부인이 게아 옆으로 더 다가갔다. 게아는 테의 말을 듣고서도 장막의 덧문을 한동안 바라보기만 했다. 마치 숫양 가죽으로 만든 덧문에 인생의 비밀이라도 적혀 있어 그 의미를 캐내려는 듯한 집요한 눈길이었다. 그러나 역시 잠시 후, 게아의 상체가 푹 꺾였다. 풀어헤쳐진 게아의 갈색 긴 머리가 마주앉은 사람들의 무릎까지 닿았다.

"게아, 미누옥은 이제 새용사다."

"왜?"

게아가 몸을 일으켰다.

"테는 산맥을 넘어야 한다."

"왜?"

미누옥의 대답이 이어졌다.

"내가 루루도 죽였지만, 방금… 큰용사 명산도 죽였어."

"아니, 미누옥은 아무 잘못 없어. 내가 죽였어. 전쟁에 끌려가기 싫어서, 남의 것을 빼앗고 싶지 않아서, 보리의 피를 증거로 삼고 싶지 않아서, 우리의 어미아비처럼 죽고 싶지 않아서… 내가 죽였어."

미누옥은 오른팔 전체가 저릿하다 못해 뭔가에 찔린 것 같은 날카로운 통증을 느꼈다. 얼굴이 저절로 일그러 졌다.

"왜, 우리는 이 꼴이 됐지?"

게아의 창백한 얼굴이 눈물로 얼룩졌다.

"미누옥의 심장은 뜨거우니까, 테의 마음은 고요하니 까…"

신관 조부인은 게아의 긴 머리를 어루만지며 탄식했다.

"왜 나는 자꾸 정신을 잃지? 왜 루루는 아직도 우리 이름을 부르지? 새용사가 되었는데 왜 미누옥은 떠나야 하지? 전쟁을 싫어하는데 왜 테가 도망가야 하지? 엄마는 신의 뜻을 전하면서도 왜 늘 명산을 이기지 못하지? 이것 봐."

게아가 조부인에게 달려들어 조부인의 겉싸개를 벗겨 내자 무섭도록 벌겋게 부어오른 목덜미가 드러났다.

"또, 이것 보라고."

"게아, 신관님껜 아무 잘못이 없어. 희생제물 따윈 필요도 없었고…"

미누옥이 나섰다.

"명령에 복종할 필요도 없었어… 나는 요망한 천더기 고아라는 이유만으로 명산의 장막에 끌려가기를 거부했 지만 루루를 구하지는 못했어… 명산은 추한 과부라고

엄마를 능욕하려 했고 도망치던 엄마는 발을 헛디뎌 절
벽 아래로 떨어진 거야. 나라고 왜 몰랐겠어? 아버지야말
로 약탈전쟁에서 왜 돌아오지 못했겠어? 명산이 아버지
를 사지로 밀어넣었다고 부족 장정들이 이미 다 퍼뜨렸
잖아. 근데 방금 전 명산은 자신을 축복하라면서 감히 신
관님의 목을 졸랐어. 어두워질 때마다 매일 밤 명산을 죽
이고 싶었어. 명산의 그림자까지도, 다 찢어 죽이고 싶었
어…"

미누옥은 고개를 숙였다. 커다란 소가죽조끼를 아직도
입고 있는 게 끔찍스러웠다.

"미누옥, 너에겐 떠날 이유가 없어."

게아의 목소리가 떨렸다.

"우리 부족에게 명산 같은 용사는 더이상 필요없어. 넌
죄인이 아냐, 미누옥. 전쟁에 나갔다 살아돌아온 사람도
살아온 게 아니야. 우리 중에 고아가 아닌 사람이 어딨어.
우리 부족이 먼저 죽이고 빼앗았잖아. 우리 부모를 죽인
부족에게 원수를 갚자는 명산의 말은 틀린 말이야. 우리
부족은 아무것도 남기지 않고 다른 부족의 모든 걸 파괴
했다고. 우리는 오직 한 사람 때문에 이유 없이 피를 흘
려야 해. 난 피를 흘리며 싸우고 싶지 않아. 날 비겁하다
욕해도 좋아. 내가 명산을 향해 휘두른 돌덩이에 언젠간
나도 깔리겠지. 하지만 내 손으로는 더이상 살아 있는 목

숨을…"

테는 말을 잇지 못했다.

"그렇다. 명산은 스스로 구덩이에 빠진 것일 뿐."

미누옥은 아무 대답도 할 수가 없었다.

"미누옥, 게아, 테, 모두 마음을 가라앉혀라."

신관 조부인의 떨리는 목소리가 이어졌다.

"명산은 어둔 길로만 다니며 그믐밤을 애타게 기다렸다. 명산은 비겁한 자의 눈에만 큰용사일 뿐이다."

"왜 나를,"

미누옥은 말하다 말고 다시금 흘러내리는 눈물을 참지 못했다.

"무슨 소리야?"

게아가 다그쳤다.

"루루를 희생제물로 바치고 새용사가 되겠다고 했을 때 왜 나를…"

미누옥은 목이 메어 말을 이을 수가 없었다.

"그런 헛소리를 내뱉었을 때 왜 나를, 벼랑바위로 끌고 가 밀어버리지 않았어요?"

눈물은 미누옥의 뺨을 적시며 흘러내렸다. 미누옥은 이를 악물었지만 눈물을 참을 수 없었다. 새나오는 울음소리 뒤로 멀리서 부엉이의 울음소리가 겹쳐졌다.

지난밤 희생제물은 단지 루루만이 아니었다. 미누옥은

성년식 잔치에서 강요되는 잔인함이 끔찍스러웠다. 참여한 부족민 모두가 희생제물이나 마찬가지였다. 모닥불 가에 서 있던 자신의 모습은 마치 명산의 꼭두각시 같았다. 치가 떨렸다.

"넌 해냈어, 새용사가 된 소녀는 이제껏 없었어, 미누옥."

"아니, 나는 부모님이 죽는 걸 지켜보았고, 루루를 내 손으로 죽이면서 스스로를 죽였을 뿐이야… 그게 명산에게 복수를 하는 길이라고 생각했던 거야. 보란 듯이, 당신보다 더 용맹한 용사가 여기 있다고, 난, 끔찍할 정도로 어리석었어. 그런 내 앞에서 신관님마저 명산의 손에 죽게 할 순 없었어."

미누옥은 평온하게 잠이 든 어린 보리를 바라보며 눈물을 닦았다.

"기억하니, 미누옥?"

신관 조부인은 두 손을 가슴에 모으며 잠시 말을 멈췄다.

"어디선가 부실한 새끼를 구해와 늘 돌봐주고, 노예도 들이지 않고, 잔치도 즐기지 않고, 누가 시키지 않아도 감자를 키우고 푸성귀를 키워 모두에게 나눠주던… 네 어미아비의 성정을 어김없이 닮은 새용사여, 너는 우리의 명예다."

마을을 둘러싼 드넓은 초지는 아무도 돌보지 않았다. 그곳엔 잡풀 틈틈이 적을 겨냥한 함정만이 숨겨져 있었다. 기름진 땅이 지천에 널렸어도 아무도 땅을 일구지 않았다. 부족민들은 창고장막의 식량으로 한해를 견뎠다. 땅을 갈고 씨를 뿌리지 않아도 창고장막이 비었던 적은 없었다. 식량이건 짐승이건 사람이건 모든 걸 약탈해왔기 때문이다.

"저는… 나 자신을 용서할 수가 없어요."

오직 남의 것을 약탈할 때만 부지런해지는 부족, 아무것도 제 손으로 하지 않는 부족이었다. 더 많은 걸 빼앗아올수록 더 용감한 용사였다. 누군가를 능욕하고, 누군가의 목숨을 빼앗은 결과물로 잔치를 열고, 그 폭력으로 명예를 쌓는 부족이었다.

"살아 숨쉬는 심장에 대나무 칼을 꽂을 수는 없어요."

함정 속에 파묻을 대나무 칼을 날카롭게 벼리는 게 새용사의 첫 임무였다. 미누옥은 손바닥으로 눈물을 닦아냈다.

"명산은 오래 전부터 사람을 짐승 대하듯 했어."

테의 말이 끝나자마자 미누옥과 게아, 테는 약속이나한 듯 조부인의 불그스름한 목덜미로 눈길을 돌렸다.

신관 조부인은 망토까지 젖혀 부어오른 목덜미를 완전히 드러내며 단호하게 말을 이었다.

"신관인 내 몸이 증거다. 그러니 너희들에겐 아무 잘못이 없다."

"내 머리를 묶어줘, 엄마. 날이 밝기 전에, 어서."

4.

어스름 새벽녘, 신관 조부인과 게아, 미누옥, 그리고 테는 게아의 장막을 나와 미누옥의 장막으로 발길을 옮겼다. 자갈과 수풀을 따라 구기자나무숲 냇가 근처 미누옥의 장막에 이르기까지 네 사람은 아무 말도 나누지 않았다.

미누옥의 장막에 다다른 네 사람은 발길을 멈췄다. 장막 옆 루루의 축사가 네 사람을 제일 먼저 맞이했다.

미누옥이 대나무를 베어와 기둥을 삼고 잡초와 지푸라기를 엮어 만든 축사였다. 가죽 자투리와 낡은 천으로 얼기설기 엮은 지붕과 낡은 망토 두어 벌로 마련된 루루의 잠자리는 작고 초라했다. 그래도 루루는 이곳에서 쑥쑥 자랐다. 비가 내리면 엉성한 지붕 아래서 요리저리 비를 피하던 귀여운 루루, 게아나 미누옥이 장난으로 넘어져 놓고 엉엉 우는 척을 하면 작은 몸집을 빙빙 돌리며 함께 안타까워하던 루루.

"치우자."

"잠깐."

품속에서 잠이 깬 보리를 테가 내려놓았다. 보리는 언제나 그렇듯 굼뜨게 주변을 탐색했다. 마치 이곳에서 함께 놀던 루루를 기억하는 듯 보리는 고개를 주억거리며 기둥 사이를 오갔다. 미누옥이 다가가 루루가 갖고 놀던 지푸라기 밧줄을 건네자 보리는 갸우뚱거렸다. 그러더니 덥석 입에 물었다.

"맘에 드니? 맘에 들면 가지렴."

미누옥은 주저앉으며 귀 근처만 유독 까만 보리의 털을 쓰다듬었다.

"치우자."

미누옥이 퀭한 눈으로 몸을 일으키며 말했다.

"보리, 저리 가 있으렴."

미누옥은 작심한 듯 가운데 기둥을 붙잡고 흔들어댔다. 첫 기둥이 빠지면서 축사는 우습게 기울어졌다. 미누옥과 게아, 테는 나뒹구는 지푸라기와 낡은 천, 자투리 가죽 등을 모아 발길이 닿지 않는 엉겅퀴 무성한 곳으로 옮겼다. 미누옥은 명산의 화관도 함께 엉겅퀴 속으로 던져버렸다.

모두는 이제 화덕 앞으로 발길을 돌렸다. 넓적한 돌들을 구해와 화덕을 만든 친부의 분주한 손놀림이 미누옥 마음에 그려졌다. 바닥을 꽤 움푹하게 파 돌을 간 후 그

위로 둥근 띠처럼 지붕을 올린 화덕은 한때는 부족민 모
두에게 즐거운 구경거리였다. 돌지붕이 바람막이 역할을
충분히 해준 덕분에 웬만한 바람에도 불길은 꺼지지 않
았다. 손재주가 좋아 장막을 손봐주고 화덕을 만들어주
고 바랭이풀을 엮어 갖은 도구를 만들어주는 친부 곁으
로 부족민들은 모여들었다. 명산을 제외한 모든 사람들
이 미누옥의 장막을 떠날 줄 몰랐다. 그 가운데 한 사람
이 바로 테였다. 하지만 친부는 약탈전쟁에서 늘 빈손으
로 돌아오기 일쑤였다. 그러던 친부가 평평한 철판과 우
묵한 무쇠솥을 첫 전리품으로 들고 돌아온 날, 한숨을 내
뱉던 어미의 얼굴을 미누옥은 잊을 수가 없었다.

이걸 빼앗긴 사람들은 이제 어떻게 끼니를 해먹는담…
미누옥은 어두운 화덕 속을 들여다보았다. 타오르는
불길보다 더 강렬한 비밀의 심연이 화덕불가 한 귀퉁이
에 도사리고 있을 줄은 아무도 몰랐다. 인내도 망각도 그
위험한 심연으로 가당지는 못했다. 매 끼니의 사랑과 위
로, 화목함은 잊을 수 없었지만, 이 새벽 미누옥 혼자 감
당해야 하는 혼돈과 외로움, 상처, 뼈아픈 후회에 대해선
그 누구도, 그 무엇도, 이 소중한 화덕조차 어떤 실마리도
주지 않았다. 그저 저 깊은 불구덩이 속에 도사리고 있던
불행이 차가운 재로 변한 채 대잔치의 새벽에 홀연히 나
타났을 뿐이었다. 미누옥은 눈을 감으며 화덕에서 먼저

발길을 돌렸다.

　싸늘한 장막 안에서 염소털 덮개와 양가죽 깔개, 부족의 소녀들이 즐겨 입는 토끼털 조끼, 망토 두어 벌, 통겉옷과 덧신 등을 꼼꼼히 챙겨 꾸러미에 담기 시작했다. 게아에게 얻은 또 다른 꾸러미엔 이미 조부인이 챙겨준 감자와 말린 고기, 말린 과일, 볶은 곡식, 샘물 등이 가득 차 있었다. 미누옥은 꾸러미 두 개를 양 어깨에 짊어졌다. 테도 미리 싸놓은 꾸러미를 챙겨왔다.

　"비렁뱅이들이 따로 없구나."

　게아가 미누옥의 꾸러미 중 하나를 낚아채 자신의 어깨에 메면서 낮게 웃었다.

　조부인과 게아, 미누옥, 그리고 보리를 안은 테는 잡풀이 무성한 땅을 헤치며 벼랑바위 북쪽 숲을 향해 걸음을 재촉했다. 어디선가 굴러온 상수리나무 열매들이 떨어진 잎들과 함께 발끝에 채이곤 했다. 오르막을 오르는 동안 살을 파고들던 새벽 냉기는 어느 정도 사라졌다.

　귀에 익은 시냇물 소리와 벌써부터 분주한 산새 소리가 어둑한 숲속으로 퍼지기 시작했다. 그나마 사람들이 다니는 길에는 다져진 잡초가 깔려 있어 푹신했는데 이제는 완만한 오르막을 지나 더욱 가파른 산길이었다. 저 아래 냇가와 옹기종기 모인 장막들이 상수리나무 가지 사이로 슬쩍슬쩍 엿보였다. 사람들은 여전히 모닥불 가

에 모여 신관의 선포를 기다린다는 핑계로 마시다 떠들
다 졸고 있을 테고, 땅에 엎드린 명산은 자신의 피로 죗
값을 치르고 있을 터였다.

어느새 꽤 올라왔다. 어둠 속에서도 뜻밖에 나타나는
구절초와 산국은 변함없이 미누옥을 반겨주었다. 미누옥
은 부족 여인들이 들꽃을 꺾어 화관을 만들어 쓰고 마을
을 순례하던 가을잔치를 떠올렸다.

이 계절 즈음이었다. 어린 미누옥은 또래들과 함께 들
꽃 화관을 쓰고 숲에서 만난 다람쥐를 따라 해가 기울 때
까지 놀곤 했다. 숲에서 내려올 땐 나무밑동이나 바위틈
에서 떼어낸 푹신한 이끼를 대단한 보물인 양 두 손에 담
아 내려오기도 했다. 그런 순간이면, 해가 서쪽으로 기울
며 벼랑바위마저 녹일 듯한 저녁노을이 타오르곤 했다.
노을은 결코 자신을 내세우지 않지만 그렇다고 결코 숨
길 수도 없는 타오르는 빛깔로 이제껏 들어본 적 없는 아
름다운 노래를 저 산맥 너머에서 실어다주곤 했다. 그건
성년식 제가나 승리찬가 같이 사람을 불안하게 하는 노
래가 아닌 잠잠하고 고운 노래였다. 뭔가 고대하던 일이
이뤄질 것 같은 설렘을 간직하고 씻을 수 없는 슬픔을 위
로하는 동시에 한걸음이나마 뗄 수 있는 용기를 전해주
는, 낯설지만 잊을 수 없는 노래였다. 노래는 그것만으로
도 온전히 충분해서 무엇을 더 바랄 게 없는 안전하고 따

뜻한 대기의 흐름처럼 느껴졌다. 한시도 가만있지 않던 다람쥐들도 귀를 기울였다. 노래는 모든 것에 스며들었다. 미누옥의 손 안의 이끼들도 노래로 인해 더 촉촉해졌다. 아무에게도 들리지 않는데 미누옥의 귀에만 들렸다는 것도 신비한 일이었다. 그러나 이제는 그때의 잔치도, 어린 미누옥도, 귀 밝은 다람쥐도 없었다. 들꽃 화관을 쓰고 새끼 짐승을 키우고 풀피리를 불며 마을을 누비던 소녀소년들은 모두 용사들의 장막이나 전쟁터로 사라졌다.

바람이 술렁거리며 불어오는 순간, 오른손을 쥐었다 폈다 하며 산길을 오르던 미누옥은 어스름 저편에서 움직이는 형체를 본 듯해 순간 움찔했다.

"왜?"

게아도 발걸음을 멈추며 물었다.

"저쪽에서, 방금 뭔가 움직였어."

"바람일까?"

게아가 속삭였다.

"일찍 잠에서 깬 새들 아닐까?"

테의 대답에 미누옥은 고개를 가로저었다.

"나뭇가지는 움직이지 않았어."

조부인도 걸음을 멈췄다.

"다함께 기다리자. 스스로 모습을 드러낼 때까지."

조부인의 말이 끝나자마자 산 전체가 공허하게도 텅

빈 것 같았다. 거대하고도 긴 장막에 휩싸여 세상은 그림자만 남겨둔 채 사라진 것만 같았다. 미누옥은 꾸러미를 추스르며 걸어온 길을 내려다보았다.

"새끼짐승처럼 작은 뭔가였는데, 저쪽에서…"

네 사람은 가려던 방향에서 벗어나 왼편을 향해 걷기 시작했다. 잡풀을 헤집으며 한 걸음씩 나아가는데 둥글게 솟은 바위가 나타났다. 바위에도 푹신하게 이끼가 돋아나 있었다. 또한 근처에 이름 모를 들꽃도 비밀스럽게 피어 있었다. 말라죽은 큰 나무둥치와 바위 사이로 빠져나가려는데 정확히 돌멩이 하나가 날아왔다. 돌멩이는 미누옥의 무릎께를 스쳤다.

네 사람은 걸음을 멈췄다. 돌멩이를 맞은 게 차라리 다행이었다. 어둠에 취해 한발짝만 더 내디뎠다면 가파르게 경사진 까마득한 비탈 아래로 몸을 날릴 뻔했다. 어려서부터 수없이 오가던 산길이었지만 처음 보는 바위와 비탈이었다. 어슴푸레 만물의 기운이 솟아나는 산속에서 나무밑동을 맴도는 메마른 잎들도, 새벽바람에 쉼 없이 휘청거리는 북쪽 마른억새의 그림자도, 세상의 끝이라는 장엄한 산맥의 남쪽 끝줄기도, 그 바위산의 험난한 비탈을 타고넘는 고독한 산양의 발자취도 모두 보일 것 같은 이 절벽 앞에서 네 사람은 미누옥이 주워든 돌멩이만 한동안 바라보았다. 큰일이라도 난 듯 잠에서 깨어난 새들도 수다스럽게 짖어대기 시작했다.

바위 뒤편에서는 여전히 누군가 부스러진 나뭇잎과 흙을 맥없이 흩뿌려대고 있었다. 네 사람은 이제 모두 바위를 향해 섰다. 조부인이 먼저 입을 열었다.

"아가?"

숲은 순식간에 고요해졌다.

"배가 고프니? 길을 잃었니?"

미누옥은 꾸러미를 열어 말린 과일 한주먹을 꺼내 조부인 앞에 보여주었다.

"이리 나오렴. 말린 과일을 같이 먹자."

바람도 이 벼랑 앞에서는 움직임을 멈춘 듯 사람도 대기도 모두 숨을 죽였다.

"우린 널 해치지 않아."

게아도 조심스럽게 말했다. 바위틈에서 부스럭거리는 소리가 났다. 네 사람은 식은땀을 닦으며 형체가 나타나기를 기다렸다.

"아주 달고 맛난 과일이다."

잠시 후 짐승처럼 엎드려 바위틈을 빠져나오던 어린아이는 네 사람을 보자마자 다시 몸을 움츠리며 다가오려던 행동을 멈췄다.

"미누옥, 먹을 걸 아이 앞에 가져다주고 오렴."

미누옥이 한걸음씩 다가가자 아이는 다시 나뭇잎이며

나뭇가지를 던져댔다. 다섯살? 여섯살?

"가엾은 것…"

얼굴에는 긁힌 자국을 따라 핏자국이 말라붙어 있었고, 짧게 잘린 머리카락은 먼지와 기름으로 뻣뻣하게 굳은 채 헝클어져 있었다.

"놀라지 마."

하지만 미누옥의 말이 끝나자마자 아이는 극도의 공포에 이미 영혼을 빼앗긴 듯, 낯선 이들을 향해 차마 맘껏 내지를 기운도 없는 마른울음을 터트렸다.

"먹어."

미누옥이 말린 과일을 아이 앞에 놓고 몸을 돌렸다. 그러자 웅크린 채 벌벌 떨던 아이는 먹을 것을 보자마자 입에 밀어 넣었다. 허겁지겁 먹던 아이는 손바닥에 묻은 단물마저 핥기 시작했다. 그러더니 갑자기 핥던 행동을 멈추고 아이답지 않게 두 손으로 얼굴을 가렸다. 잠시 후 아이의 어깨가 떨리기 시작했다. 이어 아이는 복받치는 서러움을 참지 못하겠다는 듯 울음을 터뜨렸다.

"저러다 저 아이의 창자가 막힐 것 같아…"

게아가 중얼거렸다.

"괜찮다, 아가."

네 사람은 아이 옆으로 살금살금 다가갔다.

"여기 귀여운 새끼 염소도 있다."

테가 말을 건네자 아직까지는 두려움과 공포가 사라지지 않은 절규였지만 경계하는 빛은 조금 사라진 듯했다. 네 사람은 아이 옆에 조심히 주저앉았다. 테는 보리를 아이 가까이 내려놓았다. 이해할 수 없는 불행 앞에서 아이는 온 존재를 걸고 울고 있었다. 들꽃도 바위틈에서 어린아이의 고통에 찬 울음을 마음을 다해 듣고 있었다. 보리도 아이 옆에 앉아 아이를 주시했다.

"아가, 너는 우리를 절벽 끝에서 구해주었다."

흐느끼는 어린아이의 얄팍한 몸은 나무등치 옆으로 점점 기울어졌다.

"집에 가고 싶니?"

조부인이 산맥 자락을 가리키며 말을 이었다.

"저 산 넘어 멀리에 집이 있지? 거기에 가고 싶지?"

눈물로 억지 세수를 한 아이의 얼굴이 희뿌연 여명 속에서 조금씩 드러났다. 아이가 드디어 네 사람 얼굴을 찬찬히 바라보았다. 그러더니 조부인의 손짓을 따라 산맥으로 눈을 돌렸다. 이토록 가녀린 어깨와 이토록 앙증맞은 머리통의 작은 사람이지만 아이는 세상 이치는 물론 자신의 숙명마저 깨달은 현자의 눈빛으로 천상의 것처럼 버티고 있는 산맥 줄기를 올려다보았다. 어슴푸레한 속에서 가늠할 수 없는 듯 웅장히 솟은 산줄기는 어린아이를 한낱 티끌로 보이게 했다. 아이가 살던 부족 땅은 무

사할까, 아이의 피붙이들은 살아 있을까… 어린 생명이
당한 당장의 고통이 미누옥의 심장과 폐부까지 저리게
했다.

"낯이 익어… "

게아가 혼잣말처럼 중얼거리자 조부인이 낮게 대답
했다.

"명산의 어린 노예다."

미누옥도 그제야 아이를 기억해냈다.

"잔치로 부족 전체가 떠들썩할 때 산으로 도망을 친 모
양이다."

늘 어느 구석에서 울던 아이, 울다가 들켜 뺨을 얻어맞
던 아이, 약탈전쟁에서 노예로 잡혀온 아이였다.

"다리가 아파도 갈 수 있지?"

조부인은 나무둥치에 기댄 아이의 두 다리를 살살 주
무르며 말을 이었다. 아이는 조부인의 손길을 피하지 않
고 가만히 지켜보기만 했다.

저 멀리 초지를 벗어나 산을 넘으면 농사를 지으며 순
박하게 살아가는 부족민이 있다고들 했다. 땅의 경계에
바위나 엉겅퀴 잡풀, 혹은 나뭇가지로 교묘히 함정을 만
들거나 깊은 동굴을 파서 은신처를 만드는 대신 땅을 일
구고 씨앗을 뿌리고 열매를 가꾼다는 어느 부족이. 부지
런한 그들이 일년 내내 농사를 지어 추수를 마치면 기다

렸다는 듯 식량을 약탈해오는 게 부족 용사들의 임무였
다. 끝없이 펼쳐진 서쪽의 목초지에서 양과 염소를 튼실
하게 키워놓으면 그 가축을 몰래 약탈해오는 것도 용사
들의 몫이었다. 약탈해온 짐승을 잡고 곡식을 빻아 빵을
만들고 술을 빚어 마을에선 전쟁에서 돌아온 용사들을
위해 큰 잔치를 열곤 했다.

"아가, 네가 부엉이 맞지?"

조부인이 더욱 다정하게 말을 걸었다.

"동무들이 밤늦도록 널 찾았단다."

미누옥도 생각나는 대로 어젯밤 아이들이 부르던 노래
를 흥얼거렸다. 부엉이가 화났네, 부엉이는 숨었네, 부엉
이를 찾아라… 아이는 떨리는 입술을 앙다물며 두 눈을
감았다. 아이의 감은 눈 사이로 다시 눈물이 흘러내렸다.
미누옥은 알 수 있었다. 아이는 맘속으로 노래를 따라 부
르고 있었다.

"동무들은 네가 얼굴도 씻지 않았다고 하던데?"

아이는 눈을 감은 채 드디어 피식 웃었다.

"꼭 집에 가고 싶지?"

아이는 미누옥의 질문에 눈을 떴다.

"너 혼자 갈 수 있어?"

게아가 물었다.

"그럼, 우리와 함께 갈래?"

미누옥은 단호하게 물었다. 아이는 땟국물에 젖은 얼굴을 들어 미누옥을 바라보기만 했다. 그러더니 눈물과 콧물을 다시금 닦아내며 입을 비죽거렸다.

"새끼 염소 보리도 데려갈 거야."

테가 보리를 가리키며 말했다.

"미누옥과 테는 산맥을 넘을 거야."

조부인이 말하는 동안에도 아이의 떨리는 입술 사이로는 안타까운 흐느낌이 이따금 새나왔다.

"우리는 저 아래 냇가에 산다. 산맥을 못 넘겠으면, 우리랑 저기 내려가서 살래?"

게아가 아래를 가리키며 재차 묻자 아이는 뭔가를 알아들었다는 듯 고개를 저었다. 아이의 찡그린 이마에 노인과도 같은 근심과 두려움이 차오르기 시작했다.

"그렇다면, 우리랑 같이 가자."

아이는 다시 미누옥을 바라보았다. 그러더니 자기를 바라보던 보리를 조심히 어루만졌다. 아이는 떨리는 입술을 아이답지 않게 굳은 의지로 앙다물었다.

"그래, 그럼 어서 일어나자."

네 사람은 일어났다. 그러자 아이도 벌떡 일어났다. 일어나서 아이의 모습을 다시금 보니, 걸치고 있는 통겉옷은 덩치에 비해 터무니없이 커서 질질 끌렸고 옆 자락은 꽤 길게 찢어져 있었다. 조부인은 두르고 있던 겉싸개를 아이의 몸에 둘러주었다. 그리고 찢어진 옷자락을 여며 옷이 땅에 끌리지 않게 한단 접어 졸라매주었다. 게아는 양가죽으로 만든 덧신을 그 자리에서 벗어 아이의 발에 신겨주었다.

다섯 사람은 길을 나섰다. 미누옥은 아이의 손을 잡고 앞장섰고, 테는 보리를 안고 걸었으며, 조부인과 게아는 그들을 뒤따라 걸었다.

벼랑바위 절벽을 지나 북쪽 방향으로 산맥을 넘으면 분명 가을마다 들려오던 그 노래를 다시 들을 수 있을 것 같았다. 노래가 산맥을 넘듯 미누옥도 그렇게 부드럽고도 당당하게 산맥을 넘고 싶었다. 그리고 루루가 오르고 싶어하던 저 높은 바위… 루루는 뛰어놀다 지치면 미누옥을 찾아와 작은 몸을 기대며 부비곤 했다. 그 순한 새끼짐승이 동경하던 바위를 미누옥은 마지막으로 잠시 올려다보았다.

루루, 나를 용서해다오…

"미누옥."

신관 조부인이 뒤에서 미누옥을 불렀다. 잰 듯이 깎인 벼랑바위 바로 아래였다. 더는 함께 갈 수 없었다. 이곳을 지나면 지경 밖이었다. 미누옥은 잠시 아이의 손을 놓고 천천히 뒤돌아섰다.

"건강하오."

"새용사 미누옥, 나의 소중한 자매여."

게아로부터 꾸러미를 건네받는 순간 미누옥의 숨결은 더욱 가빠졌다.

"지혜로운 신관님, 그리고 언제나 함께 짐을 들어주던 나의 다정한 자매여…"

목소리도 떨리기 시작했다.

"노래하는 자여, 마음을 파고드는 자여, 테, 나의 친밀한 형제여."

조부인의 목소리를 끝으로 네 사람은 말없이 서로를 응시했다. 잠시 후 부족민들이 애정을 표현할 때 이마를 맞대며 나누는 인사로 네 사람은 마지막 인사를 대신했다.

양쪽 어깨에 둘러멘 꾸러미는 더없이 묵직했지만 마음은 가벼웠다.

"어린 생명과 함께 양지 바른 곳으로 걸으시오. 용감하고 사랑스런 자녀들이여."

조부인이 축복하는 순간 저릿하던 오른손이 감쪽같이 편안해졌다. 게아는 어린아이를 향해 허리를 굽히며 당부했다.

"새용사를 따르렴, 그럼 어느새 집이 네 앞에 당도할 테니."

여명이 밝아오고 있었다. 세상이 깨어나고 있었다. 미누옥과 테는 조부인과 게아를 향해 손을 흔들었다. 큰용사의 잔인함에 시달리다 지쳐 신관의 축복만을 기다리다 잠들었을 연약한 부족민들과 그들의 기름진 땅을 향해서도 미누옥은 마지막으로 손을 흔들었다.

"언젠간 돌아오오."

조부인과 게아도 마지막으로 소리를 높였다.

미누옥이 그들의 목소리를 마음에 되새기는 순간 아이가 슬며시 몸을 돌려 팔을 들더니 보리를 쓰다듬었다. 뚱한 보리도 기분이 좋은지 턱짓으로 아이의 뺨을 살살 밀며 장난을 쳤다. 미누옥과 테는 아이와 보리를 바라보며 낮게 웃었다. 아이가 웃음소리에 얼굴을 들고 미누옥을 바라보았다. 아이는 마치 루루처럼 신뢰를 담은 눈빛으로 미누옥을 올려다보았다.

"자, 가자."

아이와 미누옥, 그리고 보리를 안은 테는 산맥을 향해 한마음으로 첫발을 내디뎠다.

옛 노래 2
―이교도

견고한 대리석 바닥부터 빨간 벽돌의 벽면을 거쳐 높게 펼쳐지는 천장 돔까지, 제사본당은 어딘가 싸늘하고도 어둡다. 마주보는 벽면에 수직으로 난 폭 좁은 채광창 때문인지 아니면 수정촛대 위의 촛불만 밝혀두었기 때문인지, 정오인데도 햇빛은 맥없이 깔려 있다. 붉은 벽돌의 잔영이 불그스름하게 퍼져나간다. 붉은 기운은 기둥이 규칙적으로 늘어선 왼편 주랑柱廊까지 암울하게 내려앉았다. 기둥의 간격이 좁아졌다 확장되는 듯한 착시현상도 아마 인색한 빛줄기 때문일 것이다. 심지어 제사본당의 신비한 장막, 티끌 가득한 주름 속 그 세밀한 틈까지도 빽빽하게 어둡다.

슐라는 청동단에 고정된 수정촛대 앞에 선 채 수십번째 회개기도문만 읊조리고 있다.

"겸손히."

제사장의 목소리가 뒤쪽 어딘가에서 들려온다. 슐라를 감시하는 그 목소리엔 감정이 없다. 수정촛대 앞에서 전능자의 강림을 목격하고 휘몰아치는 황금빛 그림자에 정신을 잃었다는 몇몇 단원團員들의 소문은 정녕 헛소리였다. 전능자의 초월하심과 마주하심은 나타나지 않았다. 전능자는 슐라를 위로하거나 책망하지 않았다. 기적을 남발하지도 않았다. 축복을 약속하지도 않았다. 피곤함과 짜증과 배고픔만 내맡기고 전능자는 영원히 사라졌다.

앗차, 하는 순간 졸음을 이기지 못한 슐라의 무릎이 또 꺾였다. 제사장의 망토 자락이 공기와 마찰을 일으키기 시작했다. 저의를 알 수 없는 발자국 리듬은 주랑의 그림자를 타고 점점 다가왔다. 제사장을 그림자처럼 따라다니는 순결위원들이 보이지 않는 게 다행이라면 다행이었다.

"더,"

등 뒤에서 제사장의 끈적거리는 숨소리가 들렸다. 곧 슐라는 뒷목덜미에 닿은 제사장의 손길에서 소름 돋는 냉기를 느꼈다. 저절로 몸이 움츠러들었다.

"더, 겸손히."

같은 말을 되풀이하는 제사장의 목소리는 다른 날과 다름없었다. 마치 하늘을 우러르듯, 기도문을 외우듯 기계적이었다. 고개를 들었다. 그러자 제사장이 재빨리 두 손을 뻗어 슐라의 목덜미를 움켜쥐었다. 슐라는 헉 하는 소리도 내지 못한 채 두 눈을 부릅떴다. 초로의 깡마른 제사장의 괴력 앞에서 이제껏 느껴본 적 없는 두려움과 경악에 슐라는 얼이 나갔다.

"왜, 제사장님, 이건…"

아무 표정 없는 제사장의 얼굴이 점점 다가왔다. 제사장의 손아귀에서 벗어나려 몸을 뒤틀었지만 목덜미를 옥죄는 힘은 점점 더해갔다. 눈동자가 튀어나올 것만 같았다. 토할 것만 같았다. 직립한 채 당당함을 뽐내던 기둥들이 휘어져 보였다.

꽝, 순간 단단한 뭔가가 부딪히는 소리가 들렸다. 슐라의 목구멍에서 의미를 알 수 없는 절규가 새나왔다. 제사장이 움찔했다. 슐라는 그 순간을 놓치지 않고 제사장의 손을 뿌리쳤다. 몸이 저절로 뒤로 밀렸다. 넘어지지 않기 위해 손에 잡히는 물체를 일단 필사적으로 쥐었다. 그러자 참았던 기침이 터져나왔다.

"그 손 치우지 못해!"

제사장은 위협적으로 소리쳤다. 그러나 다리에 힘이 풀린 슐라는 도저히 잡은 물체를 놓을 수 없었다.

쾅쾅, 다시 문 쪽에서 날카로운 소리가 났다. 제사장이 출입구를 향해 몸을 돌리는 순간 슐라는 오른손을 통해 내부로 파고드는 뭔가 뜨거운 기운을 느꼈다. 팔과 어깨, 곧이어 허리를 스쳐 두 다리로까지 뻐근한 통증이 내리 꽂혔다. 하지만 신기하게도 고통의 자취는 온몸을 순식간에 관통하더니 육체의 일부가 된 듯 금방 사라졌다. 기침도 잦아들었다. 몸이 스스로 균형을 잡는 동안 슐라는 붙들고 있던 물체를 향해 그제야 천천히 고개를 돌렸다.

수정촛대였다. 역시 오늘도 비현실적일 만큼 투명하게 빛났다. 손을 내렸다. 사방은 순식간에 고요해졌다. 슐라는 전율이 떠나지 않은 손바닥을 숨죽인 채 바라보았다.

오늘도 머리가 센 집시가 울타리 너머로 제일 먼저 인사를 건넸다. 그러자 잡초를 뽑던 다른 집시들이 이어 소리를 높였다. 목청껏 내지른 그들의 인사에 슐라도 손을 들어 응답했다. 나머지 집시들도 잠시 허리를 펴고 손을 흔들어주었다. 집단농장 울타리를 한참 전에 지났지만 집으로 가는 내내 슐라의 마음에는 집시들의 인사가 메아리쳤다.

어여쁜 아가씨, 머리를 잘라드려유? 쥐를 잡아드려유? 양말을 꿰매드려유…

사철나무가 마을을 둘러싼 평온한 구역, 단團의 신과神科와 예과藝科 수석단원들이 모여 사는 13구역이었다. 수선화와 비비추 화단을 따라 숙소는 다정히 모여 있었지만 오늘 오후의 풍경은 다른 날과 달라 보였다.

자신의 숙소에 들어서자마자 슐라는 창가 탁자 앞에 허물어지듯 앉았다. 저 멀리로 구름의 언저리를 따라 새들이 날고 있었다. 새들이 사라지는 곳에서 북쪽 숲은 시작되었고, 그 숲을 지나면 산맥으로 이어지는 험난하고 가파른 산길뿐이었다. 어둑해지는 숙소 안에서 슐라는 새들이 날아간 빈 하늘의 수상한 구름만 바라보았다.

슐라는 지금까지 단에 소속되길 꿈꿨다. 기도와 절제, 묵상의 채찍을 당연한 듯 감당했다. 그 결과 지역보육원생 이백여 명을 통틀어 오직 슐라만 단원이 되었다. 열일곱이 되던 해였다. 하지만 단이 전능자의 백성으로서의 정체성을 강요할 때마다 되묻지 않을 수 없었다. 전능자라… 슐라는 전능자를 집요하게 의심하고 싶었다. 전능자의 증인이 되라고 강요당할 때마다, 더 넓은 세상을 보고 그 구석까지 전능자의 위대한 손길이 가닿는지 직접 확인하고 싶었다. 몸뚱어리 하나만 정결하게 바치는 걸로 만족할 수는 없었다. 그게 슐라가 생각하는 진정한 묵상이자, 증인의 삶이었다. 그럴 때마다 마레사가 떠올랐다.

봄이 시작될 무렵 마레사는 총단總團에 대한 흉흉한 소문에도 아랑곳없이 단을 떠났다. 전능자를 위한 대리자로서의 삶에 만족한다며 스무살이 되던 날 정확히 떠났다. 총단에 가본 사람은 아무도 없지만 자고 일어나면 새로운 소문이 퍼져 있었다. 이제껏 사육당한 것도 모자라 생산을 위해 식단과 운동량은 물론 대소변 양까지 통제받는다, 서신과 이동의 자유는 당연히 박탈되고, 무의식의 파편까지 최면술로 감시당한다, 짐승처럼 교접만 당하다 젊음이 끝나면 내쳐진다, 경건과 영성은 속임수에 불과하다… 단원들이 말하는 총단은 이렇듯 악행과 기만의 땅이었다. 차라리 집시가 되는 게 행복하다고, 미개한 잡종 이교도로 천대받는 집시의 삶에도 경건함은 있다고, 아니면 아예 산맥을 넘으라고… 여러 사람이 떠들어댔지만 마레사는 망설임 없이 총단으로 떠났다.

창문 밖 해 저무는 풍경 속으로 두 사람이 걸어온다. 한 사람은 키가 큰 데다 양손마저 자유로워 휘적거리는 폼이다. 다른 한 사람은 뭔가를 든 채 뒤처져 조심조심 걷고 있다. 혼자 있고 싶었던 슐라는 짧게 한숨을 쉰다. 키 큰 사람이 화단을 몇 걸음에 껑충 달린다. 이어 현관문이 열린다. 들어서자마자 침대로 가 꺼지듯 드러눕는다.

"이깟 손, 당연히 보이는 거지. 왜 제사 의식 때는 보이면 안 된다는 거야. 손이 보이면 왜 음란하다는 거야. 그

럼 다 가려야지. 이 육체를 거적때기에 둘둘 싸매고 다녀
야지, 다, 다."

역시 조이였다. 조이는 허공을 향해 괜히 주먹을 날린
다. 조이가 팔을 내리는 순간 열린 문으로 냄비부터 등장
한다. 닭을 진하게 삶아낸 육수 냄새가 숙소 안에 퍼진다.
유진이다. 유진은 냄비를 탁자 위에 천천히 내려놓는다.
먹을 걸 보는 순간 슐라의 마음이 조금 편안해진다.

"이거나 먹어."

유진의 안정감 있는 굵은 저음이 천천히 다가온다. 누
워 있던 조이가 슬그머니 일어나더니 주방 찬장에서 국
자와 그릇, 숟갈 등을 챙겨온다. 슐라도 의자를 끌어온다.
슐라와 조이, 유진은 말없이 둘러앉는다. 모락모락 김이
나는 냄비 앞에 앉자마자 비었던 창자가 갑작스레 요동
을 친다.

"아누키였어."

유진이 그릇에 국물과 살코기를 담아 슐라에게 건네며
말한다.

"아누키가 제사 시작하기 직전에 일어나 서성이다가
굳이 슐라 네 옆에 앉았잖아. 잠시 후 제사장이 네 앞을
지나는데 네 손가리개를 살살 끌어당기더라고. 그러더니
아예 떨어뜨린 후 짓밟았어. 내가 다 봤어."

슐라는 조이가 좋아하는 버섯을 조이 그릇에 놓아주며

아누키를 떠올린다.

"야비해."

조이가 중얼거린다. 그러더니 참을 수 없다는 듯 국자를 휘두르며 소리를 높인다.

"아누키는 단에 어떻게 들어왔나 몰라. 앞에만 나가면 벌벌 떠느라 경전을 읽지도 못해, 숱하게 읊조린 기도문을 외우지도 못해, 경전자료실에서도 엎드려 잠만 자, 가락 있는 제사 음악은 따라 부르지도 못해. 그러니 스무살이 됐는데도 총단은 고사하고 여전히 단에 얹혀살잖아. 뭘 해보겠다는 욕심도 없고, 배우겠다는 의지도 없고, 집시들과 노닥거리거나, 식당 음식 창고나 기웃거리고. 마레사 같은 애였으니 아누키를 챙겨줬지 누가 걔를 상대해줬겠어."

조이는 말을 마치고는 그릇을 들어 뜨거운 국물을 후루룩 마신다.

"국물, 좋아."

"맛있어."

조이와 슐라는 유진을 향해 엄지를 치켜세운다.

"근데, 슐라 너도 떠나는 거지?"

조이는 갑자기 힘이 빠진 목소리로 중얼거린다. 그러나 곧 스물이 되는 슐라는 그 누구에게 그 어떤 말도 하지 않았다.

"총단으로 가기 전에 먹고 싶은 거 있으면 다 말해."

유진의 말이 끝나자 조이가 이어 중얼거린다.

"아무리 손가리개를 놓쳤다 해도, 슐라가 근신묵상이라니."

슐라도 제사장을 이해할 수 없었다. 순식간에 광인으로 변한 제사장뿐만 아니라 자신도 모르게 수정촛대를 잡았던 순간도 지금까지 믿기지 않았다.

"자세히 좀 말해봐."

말을 마친 조이의 긴 속눈썹이 살짝 떨렸다.

"뭘?"

"그냥 다."

"다?…"

슐라는 숟가락을 내려놓았다.

"그러니까, 그게 묵상기도문 때문인데… 내 기도문을 놓고 제사장님이 도저히 받아들일 수 없는 평가를 해서 나도 참을 수가 없었어. 내일 또 훈계는 이어지겠지만 어쨌든, 수정촛대 앞에서의 근신묵상은 손가리개 때문이 아니라, 내 무례함에 대한 처벌이래."

"무례함? 네가 뭘 얼마나 무례했을까?"

유진이 숟갈을 휘두르며 다그쳐 묻는다.

"슐라, 너의 묵상기도문은 모든 애들이 필사하며 암송할 정도야. 말도 안 돼."

조이도 이해할 수 없다는 얼굴로 대꾸했다.

"제사장님 말에 의하면, 어쨌든 내가 어리석었지만…"

유진과 조이는 슐라의 얼굴만 바라본다. 슐라는 침을 한번 더 삼킨다.

"내 묵상기도문이… "

세 사람은 약속이나 한 듯 이제는 냄비만 바라본다. 슐라가 입을 연다.

"이교도적이래."

"아가, 같이 앉자."

어제 일로 잠까지 설쳐 아직까지도 머리가 띵했다. 그런데 제사장은 평온한 얼굴로 슐라가 앉은 장의자로 다가왔다.

제사장은 종종 단원 전체를 향해 '아가'라 부르기도 했지만, 두번째 독대의 순간 슐라로서는 당혹스런 호칭이 아닐 수 없었다.

"지난날의 체험도 헤아리시는 전능자여, 만남과 헤어짐, 그 희미한 그리움에도 축복을 내려주소서…"

제사장은 슐라가 제출한 문제의 기도문 끝 부분을 음조까지 맞춰 조용히 읊조렸다. 다 외운 걸까… 슐라는 귀를 의심할 정도로 놀랐다. 살짝 고개를 돌려 제사장을 바라보았다. 화난 것처럼 보이지는 않았다.

"아가, 제사는 끝났으니 손가리개는 벗어도 좋다."

슐라는 손을 덮었던 검은 천을 둘둘 말아 단체복 치마 주머니에 넣었다.

"누구나 그 나이 땐 자신을 낳아준 대리자를 찾고 싶어 하지."

제사장이 슐라를 향해 왼손을 불쑥 내밀며 말했다.

"아가는 자신이 전능자로부터 온 존재임을 믿어 의심치 않지?"

"…네…"

하지만 슐라는 자신의 목소리에 진심이 없다는 사실을 스스로 인정했다.

"그렇다면 내 손을 잡고 전능자 앞에 한마음으로 나아가야지."

슐라는 제사장이 내민 앙상한 손을 바라보았다. 위협으로, 아니 능욕과 폭력으로 기억되는 손이었다. 어제의 그 손이었다. 왜소하고 초라한 체구, 하지만 지루한 기도문을 죽어라 외우게 하다 졸았다는 이유로 목까지 졸라대는 대머리의 광인, 수정촛대 앞으로 누구든 보낼 수 있는 타락한 권력자의 손.

"자, 다시 말하지만, 대리자는 생산의 도구였을 뿐, 아가를 위해 아무것도 하지 않았다. 대리자야말로 전능자의 심부름꾼이지. 물론 전능자의 백성을 생산하는 일도 아무나 할 수는 없고 그것만으로도 큰 영광이지. 그 영광을 위해 단이 존재하는 것이고. 결국, 모든 영광은 전능자께, 우리는 심부름꾼."

슐라의 이마와 코끝에 땀이 맺히기 시작했다.

"그래, 도대체 이교도란 무엇이지?"

슐라는 아침저녁으로 반복하는 성자고백문을 모르는 바 아니었지만 제사장의 왼손 때문에 혼란스러웠다. 똑같은 소리를 또 시작하려는 건가.

"전능자의 사랑을 잊고서 도구에 불과한 대리자의 사랑을 갈구하는 자들이야말로 가장 어리석은 이교도다. 가장 완전하고 가장 완벽한 존재를 인식하지 못하는 우매한 자들. 전능자를 제외한 그 누구를 향한 그 어떤 그리움이나 그 어떤 칭송 따위는 다 이교도적이지. 가장 값진 것을 받고도 알지 못하니 극히 동물적이다. 하늘을 칭송하다니? 하늘을 만든 전능자는 침소에서 낮잠이라도 자나? 태양이 사라진 틈에 비겁하게 얼굴을 내미는 별을 그리워하다니? 별을 만든 전능자는 돌림병에라도 걸려 동굴에 숨었나? 그러니까 아가, 아가가 범한 죄의 심각성을 이제 알겠지? 어제의 근신묵상은 죄에 비해 아주 가벼운 처벌이었다. 결국, 대리자가 불러주었던 한낱 자장가 같은 옛 노래 따위를 잊을 수 없다는 말인데, 그걸 전능자의 사랑에 감히 비할 수나 있나?"

제사장이 손을 도로 거두며 말을 마쳤다. 제사장의 손
길이 사라졌는데도 슐라는 등까지 후끈거렸다.

"아가는 단에서도 특별한 존재인 걸 알고 있지? 천재
지변과 돌림병 속에서도 살아남은 백성이라는 걸 본인도
알고 있지?"

슐라는 오래전 기억을 정돈하기 위해 잠시 눈을 감았
다. 단에 소속되면서 처음 들었던 서류 속 이야기들. 만
세 돌이 되어 대리자의 손을 영구히 떠나 보육원으로 보
내질 무렵이었다. 서단西團 해안가에 무서운 태풍이 오면
서 보육원이며 많은 공공시설이 피해를 입었다고, 그런
데 복구도 제대로 안 된 상황에 돌림병마저 돌아 그 구역
사람들은 격리 수용될 수밖에 없었다고, 그래서 남들과
는 다르게 서단 해안가 유아들은 대리자와 평균 53개월
을 함께 살았다고.

슐라는 눈을 떴다. 초라한 피난 막사에서 고열을 내려
준다는 쓰디쓴 약초물을 억지로 마셨던 순간, 어디선가
얻은 귀한 설탕가루를 슐라의 입속으로 솔솔 뿌려주던
조심스런 손길, 고열과 오한에 떨던 어린 생명을 위해 한
시도 옆을 떠나지 않고 노래를 불러주던 고운 목소리, 슐
라는 언제부턴가 아무 맥락도 없고 아무 까닭도 없는 상
황에서도 사무치도록 그 목소리가 그리웠다. 결국엔 그

맘을 숨기지 못하고 그리움 따위를 묵상 기록으로 남기다 이 순간까지 왔지만 후회는 없었다.

"아가, 아가의 기도문은 굳어진 영을 살리는 아름답고 경건한 기도문이다. 문제의 기도문만 빼고 말이다. 맹목적인 탐욕이 전능자를 향한 영성을 대신할 거라 장담하던 천박한 자들을 보아라. 아가, 그들은 서로가 서로를 잡아먹었다. 그들의 결과물들도 같은 길을 걸었다. 그러나 아가는 다르다. 남단南團의 미개척지를 탐험하는 수석연구자가 아가의 대리자들이다. 그들은 지도제작에도 탁월한 능력을 보였다. 완벽한 선택이었고, 역시 우월한 결과물인 아가를 남겼다. 각각의 대리자는 후속 조치된 다른 조합에선 불량스런 결과물들로 개체 조성에 손해를 입혔지만 말이다. 아가는 총단에서도 살아남을 것이다."

제사장이 몸을 일으켜 슐라 옆으로 가까이 다가와 앉았다. 슐라는 움찔하며 의자 끝으로 자리를 옮겼으나 제사장의 입김이 뺨에 와닿을 만큼 두 사람 거리는 가까워졌다.

"다음 주가 마지막인가?"

"아닙니다. 보름여 지나야 꽉 찬 스물입니다."

나의 대리자들도 꽉 찬 스물이 되었을 때 이렇게 불안하고 혼란스러웠을까… 슐라는 자신의 오른손 손바닥을 말없이 내려다보았다.

"곧 분주해질 테니 총단 입회 선서문을 미리 작성하는 게 편할 것이다."

"아직…"

"행정절차는 단에서 미리 끝냈다."

"사실 저는,"

"아가의 서류는 총단으로 이미 넘어간 상태라니까."

슐라는 무슨 말을 어떻게 해야 할지 알 수가 없었다.

"어제의 근신묵상 처벌도, 손가리개를 놓친 것도 다 처음 있는 일이니 넘어가주지. 하지만 아가, 명심해야 할 것은, 아가에겐 총단 전문 신과로 가서 전능자를 더 깊이 묵상하며 연구할 수 있는 영성이 충분하다는 사실이다. 영성의 완성은 전능자와의 합일, 몸과 마음과 영혼의 온전한 합일뿐이다. 아가는 수많은 경쟁자 가운데서도 분명 주목받을 것이다. 그런데 한때의 유혹을 이기지 못해 이렇게 넘어지니 깊이 안타깝다. 이걸 이기지 못하면 가진 게 몸뚱어리뿐인 집시들처럼 사는 수밖에 없다. 음란한 욕정의 늪에서 평생을 동물처럼 살고 싶나? 탐욕에 젖어? 그 오랜 기도와 묵상을 통해서도 동물성과 천박함을 내버리지 못했다니."

"그럼, 전능자가 모든 의문의 해답이란 말씀이신가요?"

듣고만 있던 슐라가 제사장의 말을 가로막듯 드디어

내뱉었다.

"아가, 나를 보거라."

제사장이 근엄해진 목소리로 말했다. 슐라는 고개를 돌려 제사장을 똑바로 바라보았다.

"산맥 너머엔 짐승의 가죽을 걸친 미개한 족속이 아직도 살고 있다. 멀리 갈 것도 없이 집시들도 짐승처럼 뒤엉켜 살고 있다. 입에 담기도 흉한 이교도의 죄악된 삶이 그렇게 궁금하다면 막지 않는다. 한번 뿐인 인생, 같은 몸으로 전능자께 신성의 의무를 다할 수 있는데도 왜 오물속에서 살아야 하지?"

"그렇다면, 그 신성의 의무는 누가 정한 것입니까?"

"오로지 전능자뿐. 아가의 선택을 모두가 지켜보고 있다. 다른 누구도 아닌 전능자께서."

자신을 향해 다시금 다가오던 제사장의 도발적인 왼손이 슐라의 귓불과 턱을 기습적으로 스치는 순간, 슐라는 역겨운 이물감에 놀라 의자에서 벌떡 일어났다. 총단은 영원한 미끼였다. 그 사실을 슐라는 중앙 통로로 내딛은 한걸음의 찰나에 다 깨닫고 말았다.

제사장이 상황과도 맞지 않는 푸근한 웃음을 먼저 터뜨렸다.

"어허허 아가, 왜 이리 겁을 먹었지?"

아마도 전능자와 제사장은 한편일 것 같았다.

"제사장님은 어제도 오늘도 저를 모욕했습니다."

제사장은 계속 어허허 웃으며 대꾸했다.

"아가, 어제보다 더 무례하다."

그 순간 중앙의 수정촛대가 번쩍했다. 슐라의 숨이 가빠졌다.

"손가리개를 내 앞에서 놓친 건 제사장인 나를 유혹하려던 게 아니었나?"

슐라는 오른손이 저릿해지는 걸 느꼈다. 와닿는 한겹의 공기마저도 슐라의 손엔 치명적인 충격이었다. 마치 감전이라도 된 것 같았다. 할 수만 있다면 몸에서 오른팔을 떼어내고 싶을 정도의 어마어마한 열감이 느껴졌다.

"믿음은 과감한 자에게 길을 열어 보이지."

손바닥의 피부는 이미 검푸른 색으로 변했다.

"모욕당한 사람은 나 아닌가?"

결국 제사장은 헛그림자일 뿐이었다.

이제 손바닥 안에서는 의미를 알 수 없는 빛의 이미지가 요동치기 시작했다. 몇 초가 흐르자 손바닥 위로 명멸하던 그 빛은 어느새 마레사의 얼굴로 변해 있었다. 슐라가 차마 입 밖으로 이름을 부르지 못하고 입술을 앙다문 순간에도 맨발의 마레사는 가파른 바위 절벽을 필사적으로 오르고 있었다. 아아 마레사… 그러나 마레사는 또 발을 헛디디며 나동그라졌다. 마레사의 손바닥이 빨간 피로 물들기 시작했다…

슐라의 팔이 떨어져나가는 것 같았다. 어제보다 더 날카로운 아픔이었다. 통증을 이기지 못한 슐라는 고만 주먹을 꽉 쥐어버렸다. 그러자 손바닥 안에서 새어나온 새파란 빛이 슐라의 눈과 마음까지 쓰라리게 파고들었다.

"전능자 앞에서 또 무엇을 숨기려고?"

슐라의 오른팔 전체가 부들부들 떨렸다. 관통하는 통증을 견디느라 입을 열 수조차 없었다. 하지만 더이상 미래를 전능자의 손에 맡길 수는 없었다. 세상 어딘가 전능자의 손길이 닿지 않는 곳이 있을 것만 같았다.

"입맞춤 정도는 허락할 생각이었는데?"

제사장은 앵무새에 불과했다. 그래서 슐라는 늘 혀끝에서 맴돌았지만 차마 입 밖으로는 내뱉을 수 없었던 한마디, 자신의 삶을 폭풍 속으로 휘몰아갈 한마디를 쏟아내기로 결심했다.

"아뇨, 제사장님,"

하지만 슐라는 숨이 가빠서 말을 이을 수 없었다.

격렬하게 떨리는 슐라의 오른팔을 제사장도 놀란 눈으로 바라보았다.

"아가, 갑자기 왜 그러지?"

슐라는 떨리는 오른팔을 왼손으로 움켜잡았다. 그러고는 숨을 몰아쉬며 말을 이었다.

"아니요, 저는 결코 총단으로 가지 않겠습니다."

유진의 신비한 저음과 조이의 맑은 목소리가 어우러
진 식사찬양이 단원식당 안에 울려퍼진다. 두 사람의 소
리는 팽팽히 대항하다 다정히 어우러지며 숙소와 공동막
사, 집단농장, 험준한 산맥을 넘어 저 멀리 하늘과 우주로
까지 섬세하게 퍼진다.

대기의 순환과 우주의 질서를 다스리는 선한 전능자
날벌레와 들꽃도 보살피며 열매와 알곡을 키우시네

두 사람이 양식의 송가를 끝내고, 제사장도 단원식당
구역을 벗어나 제사장과 순결위원들의 자리가 있는 2층
으로 모습을 감추자 실내의 공기는 순식간에 돌변한다.
악을 쓰지 않고는 대화를 나눌 수가 없다.

도톰한 고기와 후식으로 나온 포근한 말차크림케이크
가 실체 모를 덩어리로만 보일 정도로 슐라는 아직도 넋
이 나간 채다. 식판을 앞에 놓고도 오른손 손바닥에서 눈
을 뗄 수가 없다.

"또 근신묵상 처벌을 받은 건 아니지?"

언제 옆에 와 앉았는지 조이의 목소리가 들렸다.

"총단으로 가기 전 짐 쌀 때 불러. 도와줄게…"

조이는 고기와 함께 나온 부추 샐러드만 깨작거리며 슐라를 바라본다. 앳되고 단정한 조이의 모습은 언제 보아도 사랑스럽다.

"슐라, 너는 우리 단의 자랑이야. 나도 스무살이 되면 너를 따라갈 거야. 니가 어디로 가든."

식당 배식구 앞으로 네댓 명이 몰려와 떠든다. 식당 안 소음에 한 더께를 더하는 목소리 큰 무리들은 음식이 적다고 따지는 듯하다. 고기와 케이크가 나온 날 뒤늦게 나타나 되도 않는 소리를 해대다니. 아누키도 그 무리에 끼어 있다.

"늘 붙어 다니던 마레사가 떠난 후 아누키는 더 이상해진 것 같아."

조이가 고기를 한점 입에 넣으며 말한다.

"아예 구역을 이탈해 집단농장에서 산다는 말도 나돌잖아."

슐라는 움직이는 무리 중 아누키를 주시한다. 아누키는 앉을 자리를 찾으면서 케이크의 크림을 혀로 날름날름 핥아댄다.

"그나저나 소스를 더 받아와야겠다. 숨도 안 쉬고 먹어대는 쟤 좀 봐라. 오늘 자리 잘못 잡았다."

탁자 건너편의 단원은 어느새 식탁 가운데 있던 소스

까지 자기 앞으로 가져가 먹고 있다. 무서운 속도다. 낮은
소리로 속삭이던 조이가 일어나 배식구 앞으로 간다.

슐라가 고기 한점을 입에 넣고 우물거리는데 바로 옆
에서 쨍그랑 소리가 난다. 동시에 젓갈소스가 슐라의 손
등으로 튀더니 어떻게 손 쓸 겨를도 없이 탁자를 타고 단
체복 치마로까지 순식간에 흘러내린다. 슐라는 튕기듯
의자에서 일어난다. 히죽거리며 말을 거는 사람은 다름
아닌 아누키다.

"어어, 미안."

아누키는 자신의 식판을 더 높이 들며 유쾌한 투로 입
을 연다. 아누키가 이죽거리는 순간 조이가 다가온다. 잠
자코 참던 슐라가 통로로 나오자 유진도 다가와 아누키
의 어깨를 억세게 잡아챈다.

"아누키, 널 줄 알았다."

"넌 어제 제사 시간에도 내 손가리개로 장난을 쳤어."

"다들 왜 이리 앵앵대?"

아누키가 어깨를 틀며 유진의 손을 쳐낸다.

"장난이 심하잖아?"

슐라가 다시 소리를 높이는 순간 식당 안은 거짓말처
럼 조용해진다. 모든 눈들이 슐라와 아누키를 향한다. 아
누키가 킥킥거리며 되묻는다.

"장난?"

"이유가 뭐야?"

"손을 잘 가리셔야지? 손으로 별 요상한 짓들도 다 하는데?"

"언제부터 날 걱정했는데?"

"총단으로 꺼져."

"말조심해."

뒤에 빠져 있던 조이가 소리를 지르며 아누키의 가슴팍을 떠민다. 탁자에 부딪히며 뒤로 떠밀리던 아누키가 과장되게 뒤로 넘어지는 척하더니 급기야 식판이 바닥에 떨어진다. 누가 봐도 아누키가 일부러 식판을 내던진 폼이다. 순간, 문가에 있던 한 단원이 제사장 온다, 하며 급박하게 소리친다.

그러나 슐라와 조이, 유진 그리고 아누키는 통로에 서서 날선 감정을 주체하지 못한 채 서로를 노려본다. 식탁에서는 아직도 젓갈소스가 한두 방울씩 바닥으로 떨어지고, 고기 몇 점과 부추와 말차크림케이크는 알맞게 범벅이 된 채 바닥에 널브러져 있다.

슐라와 조이, 유진 그리고 아누키는 깊고 깊은 전나무숲에서 띄엄띄엄 떨어져 기도문을 외운다. 그러면서도 주기적으로 서로의 방향을 향해 눈을 흘긴다.

어느 나무에선가 딱따구리가 울어대면 그 소리를 핑계
삼아 기도문을 어디까지 외웠는지 또 까먹는다. 단체징
벌을 받는 중 상대방을 비난하는 더 큰 부정을 반복하는
중이다. 더욱이 슐라는 치마에서 나는 젓갈소스의 비린
내를 겨우 참고 있다. 어제 근신묵상 처벌에 이어 오늘은
다툼을 일으킨 자들이 받는 단체징벌까지, 전나무의 거
친 껍질을 괜히 손가락으로 벗겨내다 말고 슐라는 오른
쪽 손바닥을 또 주시한다. 내게, 내 몸에, 내 오른손에 무
슨 일이 일어난 걸까. 슐라는 눈을 감은 채 기도문을 다
시 처음부터 외운다.

평화의 전능자여
분열과 다툼의 회오리를 다스리소서
악행의 벼랑에서 죄악의 망토로 영혼을 가린 채
어둠에 두 손을 묻고
무덤을 밟으며
한밤을 기다리는 나를
감아 매소서…

그러나 누군가의 처절한 탄식이 숲의 공기를 가른다.
슐라의 눈이 번쩍 떠진다. 수령이 적어도 백년은 넘은 전
나무 군락 숲에 균열이 일기 시작한다. 등을 돌려 주위를

살핀다. 조이와 유진도 소리가 터져나오는 곳으로 천천히 향한다. 슐라도 따라간다.

"너희들… 너희들 때문이야…"

아누키가 마주서 있던 나무 아래 주저앉아 얼굴을 가린 채 격하게 울고 있다.

"미친 전능자…"

"정신 차려, 아누키. 갑자기 왜 이래?"

슐라는 차분한 목소리로 말했지만 아누키는 못 참겠다는 듯 벌떡 일어난다. 그러더니 슐라에게 한발 다가오며 짐승처럼 온 이빨을 드러낸다. 그의 오열은 슐라에겐 이상하게 그 어떤 욕설보다도 모멸적으로 들린다. 슐라는 순간 뒤로 물러서며 움찔한다. 조이와 유진도 팽팽한 눈길로 아누키를 바라본다.

"누나는 죽은 거나 다름없다고."

아누키는 시뻘게진 눈으로 세 사람을 노려본다. 그의 눈동자는 처참하게 흔들린다. 또한 상대를 향한 참을 수 없는 혐오로 이글거린다. 아누키는 '누나'라는 고어古語를 계속 부르짖고 있다.

"누나? 누나라니, 넌 도대체 어디서 그런 고리타분한 옛말을 배운 거야?"

조이의 한마디에 아누키는 우는 것도 아니고 웃는 것도 아닌 이상한 신음과 함께 실성한 듯 중얼거린다.

"전능자의 꼭두각시들아, 꺼져."

아누키는 세 사람을 무시하고 잽싸게 몸을 돌려 걷기 시작한다. 세 사람이 동시에 따라가며 그를 불렀지만 아누키는 멈추지 않는다. 유진이 가까이 다가가 아누키의 팔을 붙잡는 순간 아누키는 무서운 기세로 유진의 팔을 뿌리친다.

"뭘 더 알고 싶어?"

"무슨 소리야? 네 누나가 누군데?"

이어 조이도 몰아치듯 내뱉는다.

"뭐가 우리 때문이라는 거야? 제대로 말을 해."

"다들 닥쳐."

아누키는 손바닥으로 눈물을 닦아내면서 어이없다는 듯 한참을 웃어젖힌다.

"고정불변 전능자의 말씀이오니 명심해라. 내 누나가 바로 마레사다. 같은 대리자, 즉 한 엄마에게서 한날 태어난 쌍생아다. 서단西團에서 태어났지만 동단東團의 한 보육원으로 보내져 같이 자란 후 이곳으로 왔다. 여러 더러운 소문 속에서도 누나와 내가 붙어다닌 이유를 이제 알겠냐?"

"그걸 우리더러 믿으라고? 그리고 그 사실이 지금 무슨 의미가 있어?"

조이가 대든다.

"의미?"

이제 아누키의 눈에서 눈물은 흐르지 않는다.

"너희들이 사람 취급도 안 하는 집시들 틈에 너희 대리자들이 있을 텐데?"

"억측이 지나치잖아?"

유진이 끼어든다.

"총단이 젊은 단원들의 단물을 빨아먹고는 자유를 허락한답시고 하는 짓거리가 뭔데?"

"넌 뭘 안다고 그러는데?"

조이의 말하는 속도가 점점 빨라진다.

"알고 싶어?"

"그렇게 지어냈는데도 할 말이 더 있어?"

슐라의 가슴이 뛰기 시작한다.

"격리당한 채 짐승처럼 사는 집시들이 나의 그리고 너희들의 미래라고, 알겠어? 그 사실을 너희들이 받아들일 수 있겠어? 총단에 발을 딛는 순간부터 정해진 미래라고."

"너와 진지하게 대화하려던 내가 바보다."

조이가 등을 돌린다. 아누키는 유진과 슐라를 바라본다. 그러나 유진과 슐라도 아무 말 하지 않는다.

"껍데기들."

아누키는 심지어 신성한 나무 아래 침까지 뱉고는 발

길을 돌린다. 세 사람은 그저 멍하니 아누키의 뒷모습만 바라본다. 감시를 하던 순결위원들도 보이지 않는다. 어떻게 이 상황을 마무리해야 할지 모른 채 두려움을 느끼며 끝내 모두 아누키를 따라 홀린 듯 걷기 시작한다. 몇 해 전 태풍으로 쓰러진 전나무들의 기괴한 그루터기 곁을 지나면서 슐라는 아누키의 뒷모습을 새삼스레 바라본다. 아누키도 혹시 무서운 태풍을 겪고 돌림병을 앓았던 걸까, 그래서 나처럼 대리자와 함께 오랜 시간을 보냈던 걸까, 아누키와 마레사도 그 기억을 몰래 숨긴 채 이제껏 살았던 걸까. 엄마?⋯ 그럼 혹시 아누키도 옛 노래를 기억하고 있을까. 아누키가 집시마을에서 나오는 걸 봤다는 소문은 헛소문이 아니었던 걸까. 정말 아누키와 마레사의 대리자가 집단농장의 집시라도 되는 걸까.

"잠깐만,"

조이가 다급하게 내뱉자 슐라의 생각은 거기서 멈췄다. 모두가 걸음을 멈춘 채 조이를 바라본다. 아누키마저 뒤돌아본다.

"방금 무슨 소리 들리지 않았어?"

하늘을 가득 찌를 듯 높이 솟은 전나무 숲에서 네 사람은 잠시 입을 다문다. 일초 이초 삼초⋯

"들어봐."

숲에서 나는 바람소리, 새로운 나뭇가지를 찾아 가벼

이 날아가는 산새소리, 그리고 그 틈을 비집고 끝내 참지 못하고 터져나온 방만한 소리가 공기에 무심히 떠다닌다. 누가 이 숲을 신성하다 했을까. 덫에 걸린 짐승이 죽을 힘 다해 몸부림쳐도 숲은 개의치 않을 것 같았다. 신음조차 낼 수 없는 고통에 몸과 영혼이 잠식당할 때도, 다급하지만 손과 발이 움직이지 않는 악몽의 한 장면처럼 현실의 고통이 단절의 이미지로 점철될 때도, 이 숲에서는 가벼운 부스럭거림이 모든 음행과 의혹을 덮어줄 것만 같았다. 이곳은 불행도 요행도 구분이 가지 않는 숲이 분명했다.

"뻔하지."

아누키는 언제 울부짖었느냐는 듯 냉정하게 소리를 낮춰 내뱉는다.

"따라와."

슐라와 조이, 유진은 아누키의 말을 거역할 수 없다.

"빨리."

세 사람은 아누키를 따라간다. 숲의 통로에서 벗어나 세 사람은 서쪽 덤불로 올라간다. 방금 전까지 으르렁거리던 아누키도 일행이 따라오는지 확인하려는 폼으로 연신 뒤를 돌아본다. 잡풀과 야생 고사리를 헤치며 나아가는 아누키를 따라가면서 슐라는 죄악의 구렁텅이가 먼 곳에 있지 않음을 깨닫는다. 슬쩍 들려오는 소리는 이제 확실히 변해 있었다. 신음소리 같지만 결코 아니었다. 묘한 경계심에 슐라의 걸음은 점점 뒤처졌다. 호기심도 한 몫했지만 수치심도 슬슬 엄습해왔다. 오르막 숲길이 좁아지는 어느 지점에서 앞서가던 아누키가 멈추라는 듯 손을 내뻗었다. 모두 걸음을 멈췄다. 그러곤 네 사람은 동시에 굳어버렸다. 네 사람은 근처 길쭉한 바위 뒤로 일단 몸을 숨겼다. 그러나 경사면 아래의 광경은 이미 목격한 후였다. 북쪽으로 뒤틀린 나무를 향해 뒤돌아 서 있는 여자단원과 남자단원은 윗옷을 벗은 채였는데 다른 여자단원 하나가 나뭇가지로 그들의 등을 때리고 있었다. 그들을 둘러싼 일고여덟의 단원들은 무표정하게 그 광경을 구경하고 있었다. 매를 맞는 두 단원은 고통을 참으려는 듯 더욱 움츠리며 고개를 숙였다. 때리던 여자단원은 옆에서 바지를 벗던 남자단원과 조급하게 입을 맞추더니 다시 나뭇가지를 들었다. 남자단원이 몸을 밀착해도 여자단원의 매질은 한동안 이어졌다.

슐라는 자기도 모르게 소리쳤다.

"그만둬."

그 순간 아누키가 주머니에서 돌멩이를 꺼내 내던졌다. 그들의 발치께로 돌멩이가 날아들자 단원들은 일제히 위를 올려다보았다. 모두 앳돼 보였지만 이미 불안과 광기에 그늘진 섬뜩한 얼굴이었다. 아무 감정도 어떤 반

웅도 기대할 수 없는 박제된 낯빛처럼도 보였다.

"그만들 두라고."

아누키가 악을 쓰며 뛰어내려가자 어린 단원들은 뒤틀린 나무 뒤편 숲길로 우르르 몰려갔다.

아누키는 자신이 던진 돌멩이를 집어 다시 주머니에 쑤셔 넣으며 한번 더 소리쳤다.

"꺼져!"

도망치는 단원들이 내는 짐승의 울음 같은, 의미를 알 수 없는 괴성이 기우는 해 그림자와 함께 경사면을 타고 숲 전체로까지 헤프게 전해졌다. 전나무들의 호흡도 같이 빨라지는 듯했다.

슐라가 젓갈소스 묻은 단체복 치마를 세탁실에서 빠는 동안 유진은 감자를 삶았고, 조이는 곡물차를 끓였다. 슐라가 슬쩍 살펴보니 아누키는 창밖 어딘가를 바라보고만 있었다.

단체징벌을 부정하게 마치고 네 사람은 13구역 슐라의 숙소에 모였다. 숲에는 어둠이 빨리 찾아오기도 했지만, 어쩐지 네 사람은 아무 일 없었다는 듯 헤어질 수가 없었다. 무엇보다 마레사를 누나라고 부르는 아누키를 그냥 보낼 수는 없었고, 무엇보다 모두들 배가 고팠다.

아누키는 뜨거운 감자를 재주도 좋게 한입 가득 물었다. 슐라와 조이, 유진은 서로를 조심히 쳐다보기만 했다.

"인정하고 싶지 않겠지만, 단에서는 늘 있는 일이야."

아누키가 가장 먼저 입을 열었다.

"이렇게 어두워졌으니 곧 전체 소등이 되면 본격적으로 시끄러워지겠지. 남자나 여자나 당하던 애가 자신보다 약한 애를 찾아 분풀이하는 악순환의 세상이지. 총단? 총단은 여기보다 더하면 더하지."

"네가 가봤어?"

조이가 못마땅한 듯 물었다.

"단순한 건 네 사정이니까."

슐라는 살짝 올라간 아누키의 입매를 관찰하며 마레사의 입매를 떠올리지 않을 수 없었다.

"늘 주목받으며 우쭐거리는 경쟁 노예들."

"배고픈데 먹을 땐 좀 조용히 먹자."

포크로 감자를 잘라 먹던 유진이 나섰다.

"이래서 다들 목숨 걸고 수석단원이 되려고 하는군. 13구역 숙소가 이렇게 번듯한 줄은 몰랐네. 배급품도 질이 달라도 너무 다르잖아? 먹는 거 가지고 치사하게 말이야. 5구역 공동막사에서만 살며 공동화장실과 공동욕실을 들락거리던 나는 단에 동물들만 사는 줄 알았지. 단에 왔던 첫날부터, 한 놈이 내 엉덩이를 어떻게나 주물럭거리며 깨물기까지 하는지,"

"그만해."

"아직도 이빨자국이,"

"듣기 싫다고."

조이가 내뱉는 찰나 아누키는 다시 감자를 크게 한입 베어 물었다. 그러더니 못 참겠다는 듯 낄낄거리기 시작했다. 조이가 인상을 쓰며 제일 먼저 포크를 내려놓았다.

"근데 좀 지나니까 내가 그 짓을 하고 있더라고."

슐라와 조이, 유진의 눈빛은 더욱 불안해졌다. 아누키는 한참을 더 낄낄거렸다. 아누키 입 속의 감자가 사방으로 튀었다.

"누나는 왜 이런 머저리들을 좋아했을까?"

아누키가 갑자기 정색을 하고 말했다.

"계속 이럴 거면 나가."

조이가 한마디 했다.

"먹을 땐 조용히 먹자며!"

갑자기 아누키가 조이를 향해 표정 하나 변하지 않고 악을 썼다.

"아, 병신,"

그런데 아누키의 목소리는 일초 만에 다시 울컥하며 변했다.

"전능자를 사랑한다니,"

아누키는 마레사가 건너편 창밖에 나타나기라도 한 것처럼 창밖을 향해 손가락질을 하며 내뱉었다.

"누나가 병신이라고."

"아누키, 이러지 마라."

유진이 아누키를 향해 상체를 틀었다. 슐라도 아누키 앞으로 찻잔을 내밀며 말을 이었다.

"따뜻한 차를 좀 마셔."

"총단이 어떤 곳인지 진짜 모르겠어? 누나는 받아들였어. 왜, 왜? 이유를 알려줘? 어려서 태풍으로 집은 날아가고 나는 돌림병에 걸렸대. 다 죽어가는 나를 위해 누나가 전능자한테 밤낮 기도를 했대. 그랬더니 내가 진짜로 살아났대. 그후로 누나는 나를 살려준 전능자를 변함없이 사랑할 수밖에 없었대, 병신."

그랬구나 아누키…

"마레사한테 병신이라고 하지 마."

조이가 벌게진 얼굴로 쏘아붙였다.

"그래, 총단의 악행과 속임수를 너만 알고 있는 것처럼 말하지 마. 우리도 바보는 아니야."

유진도 아누키를 향해 말했다.

"마레사의 기도는 언제나 진실했어. 우리도 마레사가 그리워."

슐라도 떨리는 목소리를 겨우 억누르며 중얼거렸다.

"누나가 그리워? 좋아, 13구역 애들과는 상종 안 하는 게 내 철칙이지만, 곧 꽉 찬 스무살이 되는 슐라 너를 위해 더 지껄여준다. 총단의 길을 선택하는 순간, 넌 죽을 거다. 즉 평생 누나처럼… 종마種馬들의 짝이 되어 전능자의 이름으로 겁탈당할 거다. 전능자의 대리자로 거룩하게 살 수 있다고? 배 깔고 잠자던 동네 개들이 웃는다."

"말이 너무 심하잖아."

유진이 일어나며 내뱉었다.

"너의 길도 뻔해. 유진, 너처럼 재능이 뛰어나고 신체 건강한 잘난 남자는 총단의 일원이 되는 순간 즉시 종마, 즉 씨수말로 전락할 뿐이야. 네 정액이 다하는 날까지."

"지금 당장 널 한 대 치고 싶어. 그러니까,"

조이가 벌떡 일어나 성큼성큼 현관으로 가 문을 열었다.

"당장 나가."

"기대하지 마. 전능자는 우리를 도와주지 않아. 전능자는 없어."

아누키는 자신의 머리통을 두 손으로 쥐고 한동안 큭 큭 웃어대기만 했다.

"엄마를 그리워하는 게 왜 이교도야?"

말하다 말고 아누키가 벌떡 일어났다.

"왜 동물적이냐고? 엄마도 기억 못하는 것들이 동물적이지. 슐라, 너는 차라리 당당히 이교도가 돼. 너는 정말 훌륭한 이교도가 될 수 있어. 안타깝게도 누나에겐 너 같은 배짱이 없었어. 조이, 넌 겉으로만 센 척하지 누나처럼 착해. 그러니까 명심해, 존재하지도 않는 전능자에게 기대지 마. 유진, 네 목소리 하나는 정말…"

차가운 가을바람이 숙소 안으로 파고들었다. 아누키는 이제는 어지러운 듯 손가락으로 양 관자놀이를 꾹 눌렀다.

"난 너희가 싫어."

아누키는 고통스러운 듯 인상을 쓰며 말을 이었다.

"시키는 대로 움직이고 심지어 시키는 대로 생각하는 너희가 진짜 싫어. 그리고 단에서 너희는 너희끼리만 안전했고 너희끼리만 재밌었어. 아까 숲에서 본 애들 함부로 비난하지 마. 걔네는 그렇게라도 하지 않으면 외롭고 무서워서 미쳐. 걔네들은 단의 쓰레기 같은 것들에게 찍소리도 못하고 벌써부터 당했다고. 당한 애가 새로운 먹잇감을 찾는 거라고. 폭력의 공포가 한계를 넘었으니 한동안 말을 까먹고 자기 이름도 까먹고… 그러다 스스로가 스스로에게 벌을 주며 살기 위해 발버둥을 치는 거라고. 이것 봐, 너희 주머니에만 이런 돌멩이가 없을 거야. 단에서는 나를 위해서건 다른 이를 위해서건 누구나 돌멩이를 넣고 다녀야 한다는 것도 몰랐을 거야. 그래서 난 너희가 싫어. 역겨워."

아누키는 바지 주머니에서 단단한 돌멩이를 꺼내 보여주었다.

"근데, 왜 싫은 사람한테 자꾸 말을 해, 왜?"

조이가 따지듯 물었다. 아누키는 입술이 삐뚤어지게 얼굴을 일그러뜨렸다.

"왜?…"

아누키의 얼굴은 어찌 보면 비웃는 듯, 어찌 보면 곧 울음을 터뜨릴 것 같은 묘한 얼굴이었다.

"누나가 너희를 좋아했으니까. 슐라의 지혜와 용기를, 조이 네가 발산하는 생기와 아름다움을, 유진의 멋진 목소리와 착한 마음을…"

"아누키, 너는 왜, 다른 사람들처럼 말하지 못하니? 그렇게 이상하게 말하지 마."

조이의 말이 끝나자마자 아누키는 또한번 대책 없이 웃음을 터트렸다.

"아누키 넌 말이야, 구역도 맘대로 벗어나잖아. 네 멋대로."

조이에 말에 아누키가 되물었다.

"내 발로 내가 가고 싶은 데도 못 가?"

슐라도 천천히 일어났다. 감자가 사방으로 튄 탁자 위로 찬바람이 잠시 머물다 떠났다. 귀뚜라미가 문 앞 가까이서 울어댔다. 네 사람 모두는 불안과 침묵의 정점에서 한동안 아무 말도 하지 않았다.

"넌 타락했잖아."

조이가 여전히 팽팽한 목소리로 침묵을 깼다.

"타락? 난, 엄마가 있는 곳에 찾아간 것뿐인데?"

"넌 천박하잖아. 단원들에게 헛소문만 퍼뜨리고. 다 너 때문에 불안해한다고."

아누키는 고개를 숙여 돌멩이만 한참 바라보다가 말을 이었다.

"총단에서 도망쳐 운 좋게 살아난 사람에게 들은 이야 기를 전한 것뿐인데?"

그때 슐라가 아누키를 힘있는 소리로 불렀다.

"잠깐, 아누키."

아누키가 슐라를 바라보았다.

"왜 너는 내가 총단에 가면 살아남지 못할 거라 생각하 지?"

"꿈에 부풀어 있는 사람한테 대답하기 좀 곤란한데?"

"왜 마레사도 죽었을 거라 생각하느냐고?"

"내가 누나를 아니까."

아누키의 눈시울이 순간 촉촉해졌다.

"마레사도 그 돌멩이를 간직한 채 떠났니?"

아누키가 초점 없는 눈으로 슐라를 바라보았다.

"총단에선 이깟 돌멩이, 있으나 마나거든."

슐라는 아누키 앞으로 한발 다가섰다.

"그래도, 그 돌멩이 나에게 줄 수 있어?"

슐라는 감사와 안도와 애정을 숨기지 못한 채 말을 이었다. 아누키는 다소 놀란 빛으로 슐라를 한참 바라보았다. 아누키의 눈에서는 언제부턴가 혐오와 원망이 점점 누그러지고 있었다.

"왜 내가 이걸 너에게 줘야 하지?"

"어제, 제사본당 문에…"

그러나 아누키는 말이 끝나기도 전에 등을 돌려 재빨리 숙소를 떠나버렸다.

제사 음악을 담당하는 유진과 조이를 따라 슐라도 일찍 숙소를 나섰다. 싸늘한 아침공기 속을 걸었다. 대기의 찬 기운에 맞서는 동안 보폭은 점점 더 느려졌다. 멀리 집단농장의 콩밭에서 노동요를 부르며 일하는 집시들이 보였다. 까맣게 익어갈 콩을 위해 집시들은 흥을 멈추지 않았다.

해가 지기 전에… 임이 오기 전에…
콩밭을 매세 콩밭을 매세…
첫 서리가 오기 전, 찬바람이 오기 전

무르익네 임의 사랑 …

세 사람도 집시들의 노래를 따라 부르며 걸었다. 오늘
도 머리가 센 집시가 슐라 일행을 향해 손을 흔들자 집시
무리가 따라 손을 흔들었다. 집시들은 마주칠 때마다 정
겹게 인사를 전했다.

어여쁜 아가씨, 지붕을 고쳐드리까유? 맛있는 닭요리
를 해드리까유? 멋쟁이 도련님, 사랑의 점을 봐드리까
유?

자신의 피붙이는 물론이거니와 기형과 질병, 욕정의
희생물로 버려진 아기들도 거둬들여 키우는 사람들, 모
든 권리를 박탈당한 채 천대받는 사람들, 거처도 없이 떠
돌며 허드렛일로 끼니를 때우는 사람들, 허리도 펼 새 없
이 죽는 순간까지 노동하는 사람들, 하지만 언제나 만족
하며 노래하는 사람들.

비어 있을 줄 알았던 제사본당에 뜻밖에도 아누키가
와 있었다. 동이 트면서 만물에 스며드는 생기마저도 이
안에서는 희뿌연 그림자로 사라져버렸다. 그 그림자 속
에 숨어 있던 아누키가 뭔가 불안한 얼굴로 다가왔다. 슐
라와 조이, 유진도 제단 앞으로 나아갔다. 네 사람은 둥그
렇게 마주섰다.

"이거, 네가 쓴 거 맞아?"

어제 도망치듯 사라진 아누키가 먼저 입을 열었다. 대뜸 슐라에게 종이를 내미는 아누키의 목소리는 평상시와 다를 게 없었다. 비웃는 투로 아누키답게 다시 뇌까렸다.

"네 거 맞냐고?"

그러나 눈빛은 달랐다. 애정 어린 눈동자는 슐라에게서 떠나지 않았다. 슐라는 받아들고 재빨리 훑어보았다. 작성자 칸에는 자신의 이름이 적혀 있었다.

"나는 영문도 모르는 일인데…"

슐라가 말했다.

"제사장이 칠칠맞게 흘린 것 같아. 원래 나에겐 집시 친구들도 많고. 어쨌든, 모처럼 일찍 일어난 나를 위한 전능자의 선물일 수도 있고."

아누키는 알 수 없는 말들을 내뱉으며 슐라를 향해 정면으로 섰다.

"슐라, 이걸 알아야 해. 너는 이제 너의 생각을 말해야 해."

"슐라에게 이래라 저래라 하지 마."

조이가 날 선 목소리로 받아쳤다.

"내 마음은 정해졌어."

슐라는 작지만 힘을 주어 말했다.

"맞아, 슐라 너는 늘 달랐어."

유진이 중얼거리듯 말했다.

"난 슐라를 따라갈 거야."

네 사람은 제단 정중앙에서 서로를 바라보았다. 모두의 얼굴에 서린 차가운 기운은 여전했지만 슐라의 마음은 따뜻했다. 이깟 종이쪼가리는 아무 이유도 될 수 없었다.

"조이, 우린 준비하러 가자."

유진과 조이는 제사준비실로 향하면서도 줄곧 슐라를 돌아다보았다.

둘만 남자 아누키가 슐라에게 한걸음 다가와 마주섰다.

"누나 때와 똑같아. 오늘 제사 때 너는 호명될 거야. 상황이 너를 몰고갈 거야."

슐라는 아누키를 똑바로 바라보았다. 그러곤 보란 듯종이를 잘게 찢어 단체복 치마 주머니 속으로 쑤셔 넣었다.

"이 입회 선서문은 내가 쓴 게 아니야. 단원들 앞에서읽을 이유가 없어."

"좋아, 슐라."

슐라가 이어 뭔가를 말하려는 순간 단원 두 명이 제사본당으로 들어서는 바람에 슐라의 마음은 급해졌다.

"사실, 마레사와 너에게 진작 물어봤어야 하는 게 있는데…"

아누키가 궁금한 듯 고개를 갸웃거렸다.

"그게…"

들어선 두 사람이 오른편 끝 의자로 가 앉는 걸 확인하면서 슐라는 말했다.

"어떤 노래가 있는데,"

"노래?"

"어려서 부르던 부엉이 노래라고…"

아누키의 표정이 대번에 굳어졌다. 무안해진 슐라는 괜히 두 손을 휘저으며 말을 이었다.

"그러니까, 기억이 가물거려서…"

입을 다물지 못한 채 자신을 바라보는 아누키를 보며 슐라도 적잖이 당황했지만 시작한 김에 이어나가기로 했다.

"노래에 부엉이가 반복해서 나오는데 말이야, 부엉이가 숨었네 부엉이는 화났네, 부엉이는 뛰었네…"

"또 틀렸어."

아누키가 소리를 높이자 오른편 단원 둘도 이쪽을 힐 끗 쳐다보았다.

"또?"

"잘 들어. 부엉이가 화났네, 부엉이는 숨었네, 부엉이를 찾아라, 부엉이는 달렸네…"

슐라는 감정이 벅차올라 잠시 숨을 멈출 수밖에 없었다.

"여전히 첫 소절부터 틀리는구나."

숄라는 고열에 시달리던 때부터 알고 싶었던 비밀을 드디어 캐낸 기분이었다. 열에 들끓던 몸이 순식간에 가벼워진 느낌, 시원한 샘물로 갈증을 해소한 느낌, 비를 피할 작은 오두막을 발견한 느낌이었다.

"숄라, 이것 봐, 어딘가 분명 딴 세상은 있어."

오늘의 생명을 주신 전능자의 위엄을 빛나게 빛나게…

조이와 유진이 제단을 향해 아침의 송가를 불렀다. 아직 잠이 덜 깬 단원들은 각자 어제의 죄과罪科를 기록지에 적어 순결함 속에 넣었다. 제사장과 순결위원들이 수정 촛대 앞으로 순결함을 가져가 기록지를 하나씩 꺼내 불태우며 죄사함의 기도를 시작했다.

우리의 어둠을 용서하소서…

조이와 유진이 참회의 송가를 부르는 동안 제사본당 안에서는 종이 타는 냄새와 제사장과 단원들의 잠꼬대 같은 기도소리가 어우러져 기괴한 경건함이 차오르기 시작했다.

모든 죄과 기록지를 태운 제사장이 '우리를 용서하소서'라고 마지막으로 기도하자 조이와 유진은 참회의 송가를 멈췄고 단원들은 한목소리로 '우리의 마음을 씻어주소서' 하며 화답했다. 제사장이 중앙의 수정촛대 앞을 떠나 좌측 대리석 연단으로 가 섰다.

"오늘,"

제사장은 아무 소음도 들리지 않을 때까지 오래 기다렸다.

"오늘, 우리의 마음을 씻어주신 전능자께 감사드리나이다."

제사장이 다시 입을 열었다.

"회개의 영을 거부하는 자들에게는 전능자의 저주가 임할지어다."

단원들은 거의 기가 죽은 얼굴이었다.

"죄악의 망토를 벗어던질지어다."

아니나 다를까, 단원들은 모두 고개를 더 푹 숙였다.

"다시는 광명을 보지 못할지어다."

제사장은 두 눈을 부라리며 단원들을 둘러보았다.

"그러나 오늘 이 아침, 전능자의 백성이자 증인으로 평생을 살고자 헌신하는 심부름꾼이 있어 우리는 찬양하나이다."

슐라는 순간 소름이 돋았다. 제사장의 목소리가 공허하게 이어졌다.

"단원 모두에게도 신뢰를 받아왔고 전능자로부터도 변함없는 사랑을 받아왔던 한 증인이자 한 백성이 총단

입회 선서문을 낭독하는 순간, 전능자의 초월하심과 마주하심을 모든 단원이 체험하며 그 신비를 받아 누릴지어다."

그러고는 제사장은 '슐라'를 호명했다. 아누키 말대로였다. 슐라의 가슴은 터질 것처럼 요동쳤다. 그때, 오른쪽 손바닥이 뜨거워지면서 어깨부터 허리, 다리까지 쑤셔오는 통증이 다시 일었다. 앞을 바라보니 수정촛대 위의 촛불은 아무 이유도 없이 꺼져버렸다. 슐라는 손가리개를 들치고 오른쪽 손바닥을 바라보았다. 그 안에는 명멸하는 어수선한 불빛이 가득했다. 그 불빛 속으로 한 여자의 뒷모습이 스쳐지나갔다. 짐승 가죽으로 만든 옷을 입은 미개 부족의 여자는 어깨 위의 짐들을 멀리로 내던지고 있었다. 여자가 짐을 내던질 때마다 슐라의 몸과 마음까지 그렇게 시원할 수가 없었다. 손바닥 속의 여자가 짐을 내던지는 동안 제사장은 슐라의 이름을 한번 더 불렀다.

슐라는 손가리개를 아예 바닥으로 내버렸다. 그러고는 욱신거릴 정도로 떨리는 오른손은 가슴에 댄 채 아누키를 향해 왼손을 내밀었다. 아누키도 망설이지 않고 손가리개를 걷어내고는 슐라의 손을 힘있게 맞잡아주었다. 거칠지만 따뜻한 손이었다. 슐라는 그 손길에 응답하듯 주저함 없이 일어났다. 멀게 느껴지는 제단을 향해 첫발을 내딛었다. 한걸음 한걸음 내딛는 동안 촛불이 꺼졌다고, 수정촛대가 흔들린다고, 슐라가 맨손이라고 단원들은 술렁이기 시작했다.

슐라는 저릿한 오른손을 꽉 쥔 채 제단 앞에 섰다. 눈앞에는 새로운 〈입회 선서문〉이 반듯하게 놓여 있었다. 전능자께 영광을 드리며 전능자의 백성이자 증인인 슐라는…

슐라는 절벽 끝에서 육신은 물론 영혼마저 압도하는 칼바람을 마주한 듯 숨이 차올라 잠시 눈을 감았다. 역시 슐라의 마음은 변함없었다.

"저는…"

슐라는 눈을 떴다.

"이제껏 저는… "

조이와 유진, 아누키와 차례대로 눈을 맞춘 후 슐라는 말을 이었다.

"이제껏 저는 전능자를… 의심했습니다."

제사장이 일어나는 순간 순결위원들도 일어났다. 단원들의 술렁거림 속에서 조이와 유진, 아누키도 일어나는 모습을 슐라는 확인했다. 그리고 제단을 향해 움직이기 시작하는 순결위원들의 냉혹한 눈빛에도 굴하지 않고, 종이를 쥔 맨손을 번쩍 들어 흔들었다.

"저는, 이 입회 선서문을 쓰지 않았습니다."

단원들 몇몇도 웅성거리며 자리에서 일어났다.

"그래서 저는 선서문을 이 자리에서 읽을 수 없습니다."

조이와 유진, 아누키도 순결위원들을 저지하려는 듯 제단 위로 재빨리 향했다. 그러나.

"끌어내!"

찢어지는 제사장의 목소리가 땅에 떨어지기도 전이었다. 한 순결위원이 달려들어 슐라의 두 팔을 순식간에 뒤로 꺾어버렸다. 종이가 제단의 공중으로 가볍게 날리는 순간 슐라는 덫에 걸린 짐승처럼 몸을 비틀며 소리치기 시작했다.

"저는 증인이 아…"

슐라의 몸이 허공을 떠돌던 종이보다 먼저 제단 아래로 떨어졌다. 그래도 슐라는 입을 다물지 않았다.

"이 순간부터,"

순결위원들과 조이, 유진, 아누키, 그리고 몇몇 단원들이 합세하면서 밀치고 뒤엉키고 쓰러지는 난장판 제단 위로 슐라의 절규는 끊어진 채 흩어지며 사라졌다.

"저는… 총단으로 절대…"

누군가 입을 막았다. 그 큰 손 덕분에 슐라는 말은 고사하고 숨도 쉴 수가 없었다. 단은 이런 곳이었구나, 뒤늦게 깨달았기에 더욱 물러서고 싶지 않았다. 다행히 누군가의 힘에 의해 몸이 날릴 정도로 밀리면서 입을 막았던 큰 손과 팔을 꺾었던 우악스런 힘으로부터 자유로워진 슐라는 필사적으로 제단에 다시 올랐다.

"단원들도 나처럼 속지 않으려면…"

그러나 어디선가 바람이 몰려온다 생각한 순간, 슐라의 고개는 푹 꺾였다. 마치 장난이라도 치는 것처럼 한번에 푹 꺾였다. 투명하고도 단단한 물체를 쥔 검정 망토를 입은 누군가의 손이었다. 뒤통수를 거듭 세차게 내리치는 손을 슐라는 피하지 않았다. 둔탁한 소음과 다수의 비명에 파묻힌 거친 폭력을 누구도 감히 나서서 중단시킬 수 없었다. 슐라는 끝까지 감당했다. 그 순간에도 악행의 구렁텅이와 죄악의 오물통으로 자신의 영혼을 내던지지 않겠다고, 남단의 미개척지로 떠난 이들을 따라 자신도 용감히 길을 찾아 나서겠다고, 그리하여 세상 구석구석의 지도를 다시금 그려내겠다고 슐라는 다짐하고 다짐했다.

"저…는… 이제…"

그러나 슐라의 목소리는 완전히 사라졌다. 슐라의 정신과 무릎도 동시에 꺾이고 말았다. 슐라는 곧 쓰러졌다. 슐라가 쓰러지는 순간 슐라의 머리에서 흘러내린 피가 오른손 끝의 명멸하는 새파란 빛 속에 영롱하게 어우러지며 제단 중앙의 장막을 검붉게 물들이기 시작했다. 검은 망토의 누군가가 피 묻은 수정촛대를 내던지는 순간 제단 앞으로 다가온 조이와 유진, 아누키는 그 자리에 꺼지듯 주저앉고 말았다.

붉어진 몸체를 뒤틀어 기어코 두 동강이로 자신을 깨뜨린 후 제단 한가운데 차갑게 좌정하는 수정촛대의 위엄을 제사본당 안의 모두는 그저 숨죽여 바라볼 뿐이었다.

내가 이루고 싶은 꿈을 하나 소개하겠다. 비현실적이고 불가능한 도전일 수도 있겠는데, 나는 미소 지으며 잠자는 인간이 되고 싶다.

자면서도 인상을 쓰는 내가 참 못마땅하다. 얄팍한 잠의 한 가닥 끈을 놓치지 않으려고 과한 노력을 하는 걸지도 모르겠다. 아니면 가끔 두통이 심해서? 혹, 낮에 있었던 여러 일들이 정리되지 않아서? 오후 늦게 커피를 마셔서? 그저 몸이 극도로 피곤해서?

새 아침을 주름진 얼굴로 (특히 미간!) 맞아본 분들은 내 맘을 알 것이다.

그래서 도전한다. 누우면서부터 웃긴 일 생각하기, 추억의 여행지 떠올리기, 다음 여정까지 미리 짜두기… (이러면서 슬슬 잠을 내쫓는다는 사실!) 돌아가신 아빠를 기억하며 약 올리기(누가 먼저 그렇게 급하게 가래?), 맛있는 음식 상상하기, 내가 지어내야 할 거짓부렁 이야기 고민하기(이쯤 되면 과각성 상태로 돌입?!?), 그 이야기를 읽어줄 독자님들 추앙하기…

어쨌든 포기하지 않고 반복하다보면, 언젠가는 미소 지으며 잠자는 인간이 될 수 있을 것 같다. 기계도 하는 딥러닝을 나라고 못하겠는가.

깊이 있는 문해력과 참신한 상상력을 장착한 인간 소설가가 되어 AI가 하지 못할 일, 엄밀히 말하자면, AI가 절대 하지 않을 '미련한' 일에 도전하고 싶다. 그래서 돈으로 환산할 수 없는 가치를 탐닉하겠다. 정보처리만으로 생산할 수 없는 빛나는 문장과 통렬한 사유로 세상과 소통하겠다. 이번 생은 덜 떨어진 채 살기로 한 나만의 환희와 승리감을 부끄러워하지 않겠다. 비효율적이고 번거로운 삶을 계속 고집하겠다.

이렇게 생겨먹었기에, 쓰지 않고는 참을 수 없어서 또 썼다.

지면에 발표했던 두 작품, 「한나의 숙제」(『악스트』 2020. 09/10)와 「불빛을 보며 걷는다」(『웹진문장』에 2008년 4월에 발표한 작품인데, 발표 후 시일이 많이 지난 관계로 내용을 다소 수정했음을 밝힌다)에다 다섯 편을 더해, 로봇을 다룬 나의 첫 소설 「에밀의 루소」를 표제작으로 정해 펴냈다. 나도 모르게 자꾸 붙들고 늘어지는 '옛 노래' 시리즈(「이교도」, 「성년식」)를 이번에도 두 편 넣었고, '사랑'이라는 필터로 세상을 바라보며 썼던 작품 두 편(「숭의동」, 「보름 동안의 사랑」)도 첨가했다.

당연한 소리를 변명삼아 덧붙이자면, 아껴가며 썼다. 누구나 청춘의 한때 시인이나 작가를 꿈꾸지 않은 이가 어디 있겠는가. '소설을 쓸 거야' 했던 20대의 치기와 객기도 나이를 먹고 철이 들면 사라질 줄 알았다. 그런데 오십이 넘도록 쓰고 싶어서, 자꾸 써져서, 쓸 수 있어서, 이왕 꼬인 거, 남몰래, 소중히 썼다. 이 글들을 나의 애틋한 '반려파일'로 유에스비에 저장해두고 나는 혼자 이상한 뿌듯함(!)마저 느꼈다. (이런 걸 사람들은 '덕질'이라고 한다는 것도 나중에 알았다^^)

폐가 되지 않는다면 그리고 써진다면 앞으로도 읽고 쓰겠다. 지금처럼, 아껴가며 소중히 쓰겠다. 아마도 그런 내 모습이 가장 열심히 사는 나의 모습일 것이고, 나다움이 뭔지 아직도 모르겠지만 아마 가장 나다운 모습에 근접한 모습일 것이다. 그래서 한 분의 독자님에게라도 위로와 공감과 유머를 줄 수 있다면 만족한다. '나다움'을 찾아 떠나는 한 분의 독자님에게라도 소박한 등불이 되어줄 수 있다면 소설가로서 바랄 게 없겠다.

지금 이 글을 읽어주시는 모든 분들에게 마음 깊이, 두 손 모아 사랑의 인사를 전하는 나의 텐션을 글로 옮기기 힘들어 참으로 안타까울 뿐이다.

모두모두 완전, 진짜 고맙습니다! 꾸벅^^

2024년 봄,
미소 지으며 잠자는 인간이 되고픈
김조을해 드림

에밀의 루소

초판 1쇄 발행 2024년 5월 20일

지은이 김조을해
펴낸이 안병률
펴낸곳 북인더갭
등록 제396-2010-000040호
주소 10364 경기도 고양시 일산동구 고봉로 20-32, B동 617호
전화 031-901-8268
팩스 031-901-8280
홈페이지 www.bookinthegap.com
이메일 mokdong70@hanmail.net

ⓒ 김조을해 2024
ISBN 979-11-85359-49-6 03810